EL

MW01138703

EXTRAÑO

Barbara Cartland

Título original: Kiss From a Stranger

Barbara Cartland Ebooks Ltd
Esta edición © 2013

Diseño de libro por M-Y Books

m-ybooks.co.uk

La Colección Eterna de Barbara Cartland.

La Colección Eterna de Barbara Cartland es la única oportunidad de coleccionar todas las quinientas hermosas novelas románticas escritas por la más connotada y siempre recordada escritora romántica.

Denominada la Colección Eterna debido a las inspirantes historias de amor, tal y como el amor nos inspira en todos los tiempos. Los libros serán publicados en internet ofreciendo cuatro títulos mensuales hasta que todas las quinientas novelas estén disponibles.

La Colección Eterna, mostrando un romance puro y clásico tal y como es el amor en todo el mundo y en todas las épocas.

LA FINADA DAMA BARBARA CARTLAND

Barbara Cartland, quien nos dejó en Mayo del 2000 a la grandiosa edad de noventaiocho años, permanece como una de las novelistas románticas más famosa. Con ventas mundiales de más de un billón de libros, sus sobresalientes 723 títulos han sido publicados en treintaiseis idiomas, disponibles así para todos los lectores que disfrutan del romance en el mundo.

Escribió su primer libro "El Rompecabeza" a la edad de 21 años, convirtiéndose desde su inicio en un éxito de librería. Basada en este éxito inicial, empezó a escribir continuamente a lo largo de toda su vida, logrando éxitos de librería durante 76 sorprendentes años. Además de la legión de seguidores de sus libros en el Reino Unido y en Europa, sus libros han sido inmensamente populares en los Estados Unidos de Norte América. En 1976, Barbara Cartland alcanzó el logro nunca antes alcanzado de mantener dos de sus títulos como números 1 y 2 en la prestigiosa lista de Exitos de Librería de B. Dalton

A pesar de ser frecuentemente conocida como la "Reina del Romance", Barbara Cartland también escribió varias biografías históricas, seis autobiografías y numerosas obras de teatro así como libros sobre la vida, el amor, la salud y la gastronomía. Llegó a ser conocida como una de las más populares personalidades de las comunicaciones y vestida con el color rosa como su sello de identificación, Barbara habló en radio y en televisión sobre temas sociales y políticos al igual que en muchas presentaciones personales.

En 1991, se le concedió el honor de Dama de la Orden del Imperio Británico por su contribución a la literatura y por su trabajo en causas a favor de la humanidad y de los más necesitados.

Conocida por su belleza, estilo y vitalidad, Barbara Cartland se convirtió en una leyenda durante su vida. Mejor recordada por sus maravillosas novelas románticas y amada por millones de lectores a través el mundo, sus libros permanecen atesorando a sus héroes valientes, a sus valerosas heroínas y a los valores tradiciones. Pero por sobre todo, es la , primordial creencia de Barbara Cartland en el valor positivo del amor para ayudar, curar y mejorar la calidad de vida de todos que la convierte en un ser verdaderamente único.

Capítulo 1
1805

MIENTRAS paseaba por el bosque, Shenda tarareaba una cancioncilla que a ella le parecía la música de los árboles.

Era un tibio día de abril, los árboles ya comenzaban a reverdecer y, seguramente, el Jardín de Arrow ya estaría cubierto de flores.

Nada resultaba más bello que las plantas que comenzaban a brotar de la tierra que había permanecido seca durante todo el invierno.

El bosque poseía un embrujo peculiar y aquél, sobre todo, tenía un lugar secreto donde había un estanque que, para Shenda al menos, era mágico.

Las flores adornaban sus orillas y los árboles se reflejaban en la superficie plateada de sus aguas.

Shenda siempre acudía a su estanque encantado cuando se sentía triste o sola.

Creía que cuando estaba allí, las hadas la observaban por entre las ramas y las ninfas hacían lo mismo desde el fondo del estanque.

Como era hija única, sus sueños siempre estaban poblados de criaturas de otros mundos, que, sin embargo, sentía muy cercanas.

Siempre se había considerado muy afortunada porque la Vicaría se hallaba en el lindero de *Knight's Wood*, nombre con el que se conocía al bosque.

Mientras su padre se encontraba ocupado en sus sermones o con sus feligreses, ella solía escapar a la magia de la naturaleza, acompañada únicamente por su más fiel amigo, el cual, por cierto, ahora no iba a su lado como de costumbre.

Momentos antes había olfateado un conejo entre la hierba que comenzaba a crecer y se había ido velozmente tras él, sin que la joven se diera cuenta de ello.

Rufus, su perro spaniel, le pertenecía desde que era un cachorrillo listo y gracioso.

Normalmente hubiera sido entrenado como perro de caza; pero el viejo Conde estaba demasiado enfermo para dedicarse a ese deporte y sus dos hijos combatían por entonces contra un monstruo llamado Napoleón Bonaparte, así que no había disparos en el bosque, cosa que alegraba mucho a Shenda.

Odiaba que se diera muerte a cualquier ser vivo, sobre todo a las aves que le cantaban cuando pasaba bajo las ramas de los árboles. A menudo se sentaba junto al estanque para escuchar sus trinos en torno a ella.

Shenda no podía recordar cuáles eran *«los malos tiempos»* cuando abundaban las cacerías en otoño y, según afirmaban los guardas, había demasiados cuervos, comadrejas y zorros en el bosque.

La joven los amaba igual que a las pequeñas ardillas rojas, las cuales corrían al verla aparecer, como si ella fuera a quitarles sus nueces.

Hacía seis meses que el Conde de Arrow había muerto. Sus funerales fueron muy solemnes, pero pocos en la aldea lo echaban de menos, ya que no lo habían visto en mucho tiempo.

Y tampoco se mostraban muy afectados al recibir la noticia de que su hijo mayor, George, había muerto varios meses antes en la India.

Master George, como lo llamaban los servidores más antiguos del castillo, había vivido en el extranjero más de ocho años y la gente joven ni siquiera se acordaba de cómo era.

Esto significaba que su hermano menor heredaría el título, pero *Master* Durwin se había enrolado en la marina desde muy joven.

Se decía que formaba parte de la flota que desafiaba a Bonaparte; sin embargo, nadie lo sabía con certeza.

Últimamente, se había esparcido una serie de rumores acerca del Capitán Durwin Bow.

Dado que en el castillo no estaban los señores, la gente de la aldea iba a la Vicaría con sus quejas y preocupaciones, pues no había nadie más que los escuchara.

El administrador de la finca se había retirado dos años antes, y se encontraba confinado en su casa con un reumatismo que le impedía caminar y una fuerte sordera.

—Todo estará pronto en ruinas— le había comentado uno de los trabajadores al padre de Shenda la semana anterior.

—Es por la guerra— le respondió el Vicario.

—Con guerra o sin ella, estoy ya harto de tener que andar reparando a mi costa el tejado y las paredes de la casucha en que vivo.

El Vicario suspiró, pues él nada podía hacer al respecto.

La guerra significaba miseria y privaciones para todos. Shenda sabía que lo que más lamentaba su padre era no poder cazar durante el invierno. Antes, incluso se le conocía como «*el Párroco Cazador*».

Ahora, los caballeros que solían contribuir a las cacerías de zorros se encontraban en la guerra o estaban demasiado empobrecidos.

El Vicario tenía solamente dos caballos y uno de éstos era tan viejo, que Shenda prefería abstenerse de montarlo. No le molestaba caminar, y menos si era por el bosque.

Ahora, sus pies parecían flotar por encima del musgo verde y la luz del sol, que se filtraba entre las ramas de los árboles, se reflejaba en sus cabellos, haciendo que parecieran de oro.

De pronto oyó ladrar a Rufus y, volviendo de su abstracción, se dio cuenta de que el perro no estaba a su lado.

Dado que Rufus seguía ladrando, corrió a su encuentro mientras se preguntaba qué podía ocurrirle, pues sus ladridos eran, inequívocamente de dolor.

Lo encontró debajo de un gran olmo y, con horror, vio que una de sus patas estaba aprisionada en una trampa.

Asombrada, pues nunca había habido trampas en el Bosque de Arrow, se arrodilló junto a Rufus, que ya sólo gemía de manera lastimosa.

Trató de abrir la trampa, pero ésta era muy nueva y estaba demasiado dura, así que debía buscar ayuda.

Acarició a Rufus y, con voz suave, le dijo que no se moviera porque ella iba en busca de auxilio.

A aquella hora del día, casi todos los hombres del Condado se encontraban trabajando en el campo y sólo las mujeres estarían en sus casas.

El Vicario había salido por la mañana, para visitar a una anciana que le había enviado un mensaje urgente, según el cual estaba poco menos que agonizando.

Shenda dudaba que esto fuera cierto. Como su padre era un hombre encantador y muy guapo, muchas mujeres inventaban pretextos para que fuese a verlas.

–No te preocupes si no llego para la hora de la comida– le había dicho el Vicario a su hija antes de salir.

–Ya me he hecho a la idea de que comeré sola– respondió Shenda–. Bien sabes que la Señora Newcomb sirve una buena mesa y más vale que aproveches la oportunidad de comer bien cuando puedes.

Su padre rió.

—No digo que no disfrute con la comida de la Señora Newcomb, pero a cambió tendré que escuchar su repertorio interminable de dolencias, tanto físicas como espirituales.

Shenda le echó los brazos al cuello.

—Te quiero mucho, Papá. Las cosas que dices siempre hacían reír a Mamá, ¿recuerdas?

De inmediato vio que la mención de su madre hacía aparecer una expresión de dolor en los ojos de su padre.

Era imposible pensar que dos personas pudieran ser más felices de lo que lo habían sido el Honorable James Lynd y su bella esposa Doreen.

Se habían casado tras muchos meses de oposición por parte de sus respectivas familias y, no obstante todas las predicciones acerca de que se iban a arrepentir, fueron muy dichosos.

James era el tercer hijo de un noble empobrecido que tenía una finca improductiva en Gloucestershire.

El caballero había ahorrado para que su primogénito pudiera ingresar en el mismo Regimiento donde él había servido.

Su segundo hijo era inválido de nacimiento y resultaba una carga muy onerosa.

Lo único que le pudo ofrecer al tercer hijo, James, fue una Iglesia en su finca, con un estipendio tan pequeño que casi era ofensivo.

Pero James y Doreen decidieron que lo único que importaba era lo que sentían el uno por el otro, así que se fueron a vivir a la pequeña e incómoda Vicaría y la llenaron de amor.

Cuando Shenda nació, tuvieron que volverse un poco más prácticos y James se fue a ver al Obispo, quien le ofreció la parroquia de Arrowhead.

El Prelado le explicó que el Conde de Arrowhead podía pagar un buen sueldo.

James y Doreen quedaron encantados con su nuevo hogar, una bonita casa Isabelina, pequeña pero en buenas condiciones.

Como James era no sólo un caballero, sino también un buen jinete, fue bien recibido en el condado y el futuro parecía sonreírles.

Después se desató la guerra y todo cambió.

Durante el armisticio de 1802, las cosas mejoraron un poco, pero las hostilidades comenzaron de nuevo y surgieron más problemas, hubo menos dinero y todo encareció.

Doreen murió de neumonía durante el invierno.

Para Shenda, todo sucedió con la fugacidad de un relámpago. En un momento su madre estaba allí, riendo y charlando con ellos, y al siguiente la llevaban al cementerio con toda la aldea llorando detrás.

Y ahora, Shenda llevaba ya dos años luchando para que su padre estuviera cómodo, pero cada día resultaba más difícil, debido a las dificultades económicas.

Además, su padre no podía evitar el ser generoso con quienes tenían problemas.

—El Amo se quitaría la camisa si alguien se la pidiera —había dicho uno de los criados a Shenda.

La joven sabía que esto era cierto, pero aunque reconvenía por ello a su padre, él no le prestaba atención.

—¡No puedo dejar que ese pobre hombre se muera de hambre!— replicaba cuando ella lo presionaba mucho.

—No es Ned quien se va a morir de hambre, sino tu y yo, Papá.

—Estoy seguro de que saldremos adelante, Querida.

Y el Vicario no tardaba en ayudar a otra persona con lo poco que tenían.

Shenda estaba preocupada por él, pues últimamente padecía una tos persistente que lo mantenía despierto casi toda la noche.

Le preparaba la tisana de miel y hierbas que su madre solía hacer, pero no parecía mejorar. Sin duda necesitaba tres buenas comidas al día, mas esto era algo que no podían costear.

—Cuando venga el nuevo Conde— le había dicho Shenda a Martha, la única sirvienta que quedaba en la Vicaría—, quizá se dé cuenta de que es necesario aumentar los sueldos para que estén de acuerdo con los precios. Papá ya no puede salir adelante con lo que recibe.

—Si el Conde no viene hasta que no termine la guerra, para entonces ya todos estaremos en la tumba, sin nadie que nos llore. ¡La culpa es de ese maldito Boney!

Shenda pensaba que, en efecto, Napoleón Bonaparte –Boney, como lo llamaban con desprecio en Inglaterra – tenía la culpa de cuanto les estaba sucediendo.

Culpa suya era que dos hombres regresaran heridos a casa, uno sin una pierna y el otro sin un brazo, culpa suya, que la despensa estuviese vacía.

«Si no puedo pedirle ayuda a Papá, ¿dónde podré encontrar a un hombre que me ayude?» se preguntaba la joven, angustiada por la suerte de su perrito Rufus.

Afortunadamente, antes de llegar al lindero del bosque, vio que un jinete se acercaba por entre los árboles.

Corrió a su encuentro y, al acercarse, observó que era bastante joven y vestía a la moda, con el sombrero ladeado y el cuello de la camisa rozando el mentón.

–¡Ayúdeme!– le rogó, casi sin aliento por la carrera–. ¡Por favor…, venga pronto! ¡Mi perro ha caído en una trampa!

El caballero, que se había detenido arqueó las cejas ante el apremio con que la muchacha le hablaba. Ella, sin esperar, respuesta, exclamó,

–¡Sígame!– y echó a correr por el camino cubierto de musgo hasta donde se hallaba Rufus.

Éste permanecía quieto, pero gimiendo de una manera lastimosa. Al arrodillarse junto a él, Shenda vio que el caballero la había seguido y estaba desmontando.

Después el hombre se le acercó y dijo,

–Tenga cuidado, el perro puede morderla.

Eran las primeras palabras que pronunciaba y ella las acogió con una réplica indignada,

–¡Rufus no me mordería jamás! ¡Por favor, abra esa horrible trampa! ¡A quién se le ocurriría ponerla!

Mientras hablaba, se inclinó para sujetar a Rufus y el caballero abrió la trampa.

Rufus lanzó un aullido de dolor y Shenda lo levantó en sus brazos como si se tratara de un bebé.

–Bien, calma, ya pasó todo...– le decía con cariño–. Has sido muy valiente, pero ya no sufrirás más, pobrecito...

Y lo acariciaba detrás de las orejas, cosa que a Rufus le gustaba mucho.

Mientras tanto, el caballero había sacado su pañuelo para venderle la pata a Rufus.

–¡Gracias, muchas gracias!– exclamó ella–. ¡Le estoy muy agradecida! Me preguntaba dónde iba a encontrar un hombre que me ayudara.

–¿Es que no hay hombres en la aldea?– preguntó él haciendo una mueca ligeramente burlona.

–No a esta hora del día– respondió Shenda–. Todos están trabajando.

–Entonces me alegro de haber podido ayudarle.

–No entiendo cómo puede alguien poner una trampa así en el bosque... Nunca habíamos encontrado ninguna.

–Supongo que es una manera de deshacerse de las alimañas.

–Una manera muy cruel. Cuando un animal queda atrapado, puede sufrir durante horas, incluso días enteros, antes de que alguien lo encuentre... ¿Cómo es posible que alguien pretenda crear más sufrimiento, cuando ya hay tanto en el mundo?

–Supongo que está pensando en la guerra– dijo el caballero con voz grave–. Todas las guerras son nefastas, pero estamos peleando para defender a nuestro país.

–Matar a un animal no está bien, a menos que sea necesario alimentar a alguien.

–Veo que es usted una reformadora, pero los animales se matan unos a otros. Las zorras, si no son cazadas, matan a los conejos que a usted, seguramente, le parecerán muy bonitos.

Shenda se dio cuenta de que el caballero se burlaba, y un leve rubor teñía sus mejillas cuando dijo,

–La naturaleza tiene su propio orden, mucho mejor que el nuestro. ¡No soporto la idea de una zorra sufriendo horas de tortura antes de morir!

–Ese es un punto de vista netamente femenino– opinó el caballero–, y si uno desea conservar a los animales, entonces habrá que vigilar también a los cazadores de aves.

Shenda pensó que sería inútil discutir con él, así que dijo,

–Para mí, este bosque siempre ha sido un lugar mágico. Si ahora las trampas y la crueldad me alejan de él, será como si me expulsaran del paraíso.

Hablaba para sí, más que para el caballero y, temerosa de que éste se riera de ella, con mucho cuidado se puso de pie, sosteniendo a Rufus en sus brazos.

—Una vez más, muchas gracias por su ayuda, Señor. Ahora debo llevar a Rufus a casa para lavarle la pata y evitar que se infecte.

Miró la trampa y añadió,

—Me pregunto si podrá usted hacerme otro favor.

—¿De qué se trata?— preguntó el caballero.

—Un poco más allá hay un estanque mágico. Si usted arroja esa trampa al fondo, nunca volverá a hacerle daño a alguien.

—¿No piensa que el dueño de la trampa pueda no estar de acuerdo?

—Él nunca sabrá lo que ocurrió. Además, se lo tiene merecido.

El Caballero se echó a reír.

—¡Muy bien! Se ha convertido usted en juez y verdugo, así que el acusado habrá de pagar el precio de su crimen.

Cogió la trampa por la cadena que la sujetaba al suelo y preguntó,

—Bien, ¿dónde está ese estanque mágico?

—Yo le mostraré el camino— dijo Shenda y echó a andar delante.

Cuando llegaron al estanque, le pareció que estaba más bello que nunca. Una gran variedad de flores, lo rodeaba y los rayos del sol se reflejaban en sus aguas.

Alrededor, los árboles se elevaban oscuros y misteriosos, como si escondieran secretos pertenecientes a los dioses.

El caballero se dirigió a la orilla del estanque y lo contempló. Después se volvió para mirar a Shenda, que se encontraba junto a él.

Contra el fondo de los árboles y con la luz del sol en su cabello, la joven parecía el modelo ideal para un cuadro que a cualquier artista le hubiera gustado pintar.

El caballero observó que sus ojos no eran azules, como cabía esperar por sus cabellos dorados, sino grises.

En algunos momentos adquirían cierta tonalidad violeta, característica peculiar en la familia de su madre.

Con su piel muy blanca, poseía una belleza etérea, muy diferente a lo que se consideraba la «*clásica rosa inglesa*».

Por un momento, ambos se miraron en silencio.

Él pensó que la joven era increíblemente bella, casi divina, y a Shenda le pareció sumamente atractivo, incluso magnético.

Su piel era morena, como si hubiera pasado mucho tiempo al sol, y sus facciones estaban muy bien delineadas.

Sin embargo, a pesar de ser tan bien parecido, había algo duro e imperioso en él, algo que hacía pensar que estaba demasiado acostumbrado a dar órdenes.

Parecía tener una fuerza que provenía no sólo de su cuerpo atlético, sino también de su mente.

De pronto, como si quisiera romper el encanto que los mantenía en silencio, él preguntó,

—¿Quiere que arroje la trampa al centro del estanque?

—Creo que es el punto más profundo.

Él columpió la trampa por la cadena y después la soltó. Al caer, el hierro hizo elevarse por un momento el agua y enseguida todo volvió a la quietud.

Shenda suspiró profundamente.

—Muchas gracias— dijo—. Ahora debo llevar a Rufus a casa.

Miró al estanque nuevamente, se volvió y echó a andar por donde había llegado.

Él tomó a su caballo de la rienda y dijo,

—Como tiene usted que cargar con el perro, será mejor que la lleve a su casa en mi caballo.

Sin reparar en la sorpresa de ella, la alzó y la montó en la silla. Después, guiando al caballo por la brida, inició la marcha.

Caminaron en silencio hasta que, al llegar al lindero del bosque y ver el jardín de la Vicaría, Shenda pensó que sería un error que alguien de la aldea la viera con un extraño o se supiera que Rufus había caído en una trampa.

Temerosa de los comentarios, dijo,

—Por favor, Señor.... como mi casa se encuentra ya muy cerca, me gustaría seguir a pie.

Él detuvo su caballo, volvió a tomar a Shenda por la cintura y la bajó con la misma facilidad que la había subido.

La muchacha era muy ligera y su cintura tan pequeña, que las manos de él casi la abarcaban por completo.

–Gracias una vez más– dijo Shenda–. Le estoy muy reconocida y jamás olvidaré su bondad.

–¿Cuál es su nombre?– preguntó él.

–Shenda– respondió la joven con naturalidad.

Él se quitó el sombrero.

–Entonces, hasta luego, Shenda. Estoy seguro de que ahora podrá regresar a su mundo mágico, pues eliminó lo malo que había en él.

–Espero que así sea– respondió ella.

–Si realmente me está agradecida por el pequeño favor que le he hecho, creo que debería recompensarme de algún modo, ¿no le parece?

Shenda lo miró sin entender, y él con la mayor calma, le puso una mano bajo el mentón, le levantó la cara y la besó en los labios con delicadeza.

Shenda quedó tan aturdida que no acertaba ni a moverse.

Cuando al fin pudo reaccionar, ya él había montado de nuevo y se alejaba por el camino.

Lo vio desaparecer entre los árboles mientras pensaba que debía estar soñando.

¿Cómo era posible que su primer beso se lo hubiera dado un desconocido, a quien nunca había visto, un intruso en el que ella consideraba su propio bosque?

El jinete desapareció en pocos segundos, pero Shenda permaneció inmóvil, pensando que todo aquello no podía haber sucedido en realidad.

Sin embargo, aún creía sentir el roce de los labios masculinos sobre los suyos. Aunque pareciera increíble, la había besado...

Un gemido de Rufus la sacó de su abstracción.

Con el perrito en los brazos, recorrió el tramo que le faltaba hasta llegar a la Vicaría y entró en ésta, no por la puerta principal, sino por otra lateral que daba al jardín.

Al penetrar en la casa le pareció que regresaba a su vida diaria, libre de sorpresas e inquietudes.

Tenía que curar la pata de Rufus y cuanto antes se olvidara de lo ocurrido, mejor.

Era consciente, sin embargo, de que jamás lo olvidaría.

En la cocina no había nadie, ya que Martha se había marchado. Iba por las mañanas para limpiar y preparar el almuerzo y después regresaba a la casa donde vivía en compañía de su hijo, que era el «*loco del pueblo*».

Después de atenderlo, regresaba a la Vicaría para preparar la cena.

Martha era una buena cocinera, ya que había aprendido en el castillo, pero necesitaba los ingredientes adecuados, difíciles de adquirir dada la situación.

Shenda supuso que Martha se habría ido temprano y como era ella la única que iba a comer, le habría dejado algún plato frío y una ensalada hecha con las pocas verduras que cultivaban en el jardín.

Al soltar a Rufus sobre la mesa de la cocina, se dio cuenta de que el pañuelo del caballero seguía atado a la pata del perro.

Era un pañuelo muy fino, de lino y, Shenda pensó que probablemente nunca podría devolvérselo a su dueño, porque él le había preguntado su nombre, pero ella no había hecho lo mismo a su vez.

«No tiene importancia, puesto que no lo volveré a ver», se dijo.

Seguramente era un visitante que iba camino de alguna de las mansiones que había en la Comarca.

Le hizo una cura adecuada a Rufus, y estaba a punto de meter el pañuelo en agua para quitarle las manchas de sangre, cuando alguien llamó repetidamente a la puerta.

–¡Adelante!– autorizó ella, suponiendo que era alguien de la aldea.

Se abrió la puerta y entró un muchacho grandullón, hijo de un granjero vecino.

–Buenos días– lo saludó con voz agradable–. ¿Qué puedo hacer por ti?

–Le traigo malas noticias, Señorita Shenda– repuso él.

Shenda se quedó inmóvil.

–¿Qué ha ocurrido?

—Se trata de su padre, Señorita. ¡Pero no fue culpa nuestra señorita! Nosotros creíamos que el toro estaría bien allí y...

—¿Un toro? ¿Qué ha ocurrido?— preguntó Shenda con una voz que no sonó como la suya.

—Pues... pues que el toro asustó al caballo y su padre se cayó, Señorita, y creemos... ¡creemos que se ha matado!

Shenda lanzó un grito de angustia.

—¡Oh, no! ¡No puede ser verdad!

—Parece que sí, Señorita. Mi padre y otros hombres lo traen para acá.

Haciendo un esfuerzo, Shenda puso a Rufus en el suelo y se dirigió a la puerta principal. Jim la siguió repitiendo con torpeza,

—No fue culpa nuestra, Señorita, de verdad... Nosotros... ¿cómo íbamos a pensar que alguien se metería en ese potrero?

Capítulo 2

MIENTRAS conducía hacia el Almirantazgo, el Conde Arrow recordó con admiración al Primer Ministro. A pesar de la opinión del gabinete y de muchos Miembros del Parlamento, William Pitt había nombrado como Primer Lord a un hombre de su confianza.

En la opinión del Conde, al Almirante, Sir Charles Middleton, ahora Lord Barham, había sido una elección excelente.

Quienes lo conocieron antes de su retiro sabían que era el mejor Administrador Naval que había tenido el país desde Samuel Pepys.

Cuando el Vizconde de Melville se vio obligado a dimitir de su puesto por una denuncia por mala gestión en su departamento, muchos eran los que pretendían sustituirlo.

Durante el invierno, el Primer Ministro luchaba por formar una coalición continental y hubo de enfrentarse a muchas dificultades.

No eran menos considerables la avaricia de los posibles aliados, el miedo a Francia, los caminos helados que retrasaban a los mensajeros durante semanas, las esperanzas de los rusos de recibir ayuda de España y el empecinamiento de las potencias extranjeras en no comprender la naturaleza y las limitaciones del poderío Naval Británico.

Mas el Primer Ministro se enfrentó a todas estas dificultades con valor y habilidad.

Logró que se aprobase una ley con la cual esperaba conseguir el reclutamiento de diecisiete mil nuevos soldados, y movilizó además a todos los hombres que pudieran salir de Inglaterra. Al llegar marzo ya tenía cinco mil voluntarios dispuestos a partir hacia la India.

El Conde sabía todo esto y, en consecuencia, sentía mucho respeto por el Primer Ministro.

Sin embargo, como Marino, pensaba que la única defensa eficaz que tenía Inglaterra era su flota.

Cuando llegó el Almirantazgo se encontró con que lo estaban esperando, y de inmediato fue conducido a un despacho donde se encontraba Lord Barham.

Al verlo entrar, éste, que no representaba en absoluto sus 78 años, se puso en pie de muy buen humor y le tendió la mano.

—¡No sabe cuánto me alegra verlo, Arrow!— exclamó.

—He venido tan pronto como he podido— respondió el Conde—, pero me fue difícil dejar mi barco.

Lord Barham sonrió.

—Lo suponía. Mas tengo que felicitarlo, no sólo por ser el Capitán más joven en la Marina Británica, sino también por sus logros, que no tiene objeto repetir.

—Carecen de importancia— respondió el Conde.

Se sentó en el lugar que le indicaba Lord Barham y preguntó con un ligero matiz de ansiedad en la voz,

—Y bien, ¿de qué se trata? Sabía que habría de regresar a Inglaterra una vez heredara el título y las propiedades de mi padre, pero, ¿por qué tanta prisa?

—Lo necesito a usted— respondió.

El Conde arqueó las cejas y su interlocutor agregó,

—No conozco a nadie que pueda ayudarme mejor que usted en estos momentos. Pero no trabajando aquí en el Almirantazgo, lo que seguramente no le gustaría, sino en el ambiente de la Alta Sociedad, en el cual acaba de ingresar.

La expresión del Conde cambió. Había temido que lo obligaran a aceptar un puesto administrativo y estaba decidido a rechazarlo, por lo que se sintió aliviado al oír que no era esto lo que tenía en mente Lord Berham.

El Primer Lord tomó asiento junto a él y prosiguió,s

—Al llegar al Almirantazgo descubrí el embrollo en que me había metido. Como usted sabe, el Vizconde de Melville aportó datos falsos en el informe sobre los gastos de la Marina que presentó a Su Majestad.

El Conde asintió sin hablar.

—Trató a la comisión con muy poco respeto— añadió Lord Barham— y ésta se vengó sacando a relucir algunos errores cometidos bajo su mandato diez años atrás.

—Había oído algo al respecto— comentó el Conde.

—Melville tuvo que dimitir y yo ocupo ahora su lugar y mis adversarios esperan que cometa iguales o parecidos errores.

—Algo que sin duda, *my Lord,* no hará— afirmó el Conde.

—Para ello necesito su ayuda. Hemos de encontrar las fugas de información que hay en el Almirantazgo. Los espías de Bonaparte se encuentran en todas partes. ¡Sospecho que hasta en Carlton House!

El Conde se enderezó en su asiento.

¿Está seguro? —preguntó con incredulidad.

—Sí, seguro— afirmó Lord Barham—. Napoleón sabe lo que nosotros vamos a hacer casi tan pronto como se nos ocurre y eso no puede continuar.

—Por supuesto que no— estuvo de acuerdo el Conde.

—Lo que deseo que haga es bastante fácil. Ahora es usted un hombre de bastante importancia social y el Príncipe de Gales querrá hacerlo su amigo.

Sus ojos brillaron cuando insinuó,

—Sus audaces enfrentamientos contra los franceses le resultarán de mucho interés, pero asegúrese de contárselas a él antes que a nadie.

Al ver la expresión del Conde, añadió,

—Vamos, éste no es momento para falsas modestias. Además, cuanto haga usted tendrá un porqué y será parte de mi plan para vencer a Napoleón.

—Sólo espero que lo logre— dijo el Conde.

—Ciertamente, no va a ser fácil— reconoció Lord Barham—. Y ahora le voy a confiar un secreto que por ningún motivo deberá llegar a los franceses.

El Londe se echó hacia adelante en su silla y Lord Barham le confió,

—Un gran número de soldados se encuentra concentrado en Portsmouth bajo el mando del General Craig. Partirán en expedición al extranjero, pero nadie sabe el punto de destino.

El Conde escuchaba con vivo interés y Lord Barham continuó en voz baja,

—Con enorme audacia, el Primer Ministro ha desechado la posibilidad de que Inglaterra sea invadida y se propone enviar a ese Ejército a lo desconocido.

—No cabía esperar menos de él— dijo el Conde con admiración.

—Esa expedición secreta— agregó Lord Barham— tiene por delante cuatro mil kilómetros por puertos donde se hallan cinco flotas invictas del enemigo, con casi setenta navíos.

No era necesario que le explicara al Conde los peligros a que habría de enfrentarse la expedición.

—Lo que le voy a decir es algo que nadie sabe en esta oficina, son las órdenes de embarque para Craig.

Sabiendo lo confidencial que aquello era, el Conde casi no pudo reprimirse de mirar por encima del hombro para ver si alguien los estaba escuchando.

—Debe ir a Malta— continuó diciendo Lord Barham—, y liberar a ocho mil elementos que ya se encuentran allí, para que cooperen con las fuerzas rusas de Corfú en la conquista de Nápoles y la defensa de Sicilia.

Al advertir la mirada incrédula del Conde, Lord Barham le explicó,

—Como esa posición es esencial para el plan europeo de Inglaterra, si es necesario, Craig debe aprestarse a defender la Isla aun sin el consentimiento del Rey, y, además, proteger a Egipto y Cerdeña con la ayuda de Nelson.

—¡Lo único que puedo decirle es que estoy impresionado!— exclamó el Conde—. Por lo peligroso de la expedición, no me extraña que todo el plan se mantenga en secreto.

—Para terminar mi relato, le diré que hace dos días cambió el viento que impedía la partida, y las 45 lanchas se hicieron a la mar, escoltadas por dos cañones.

—¿Y se supone Señor que podrá mantenerse todo en secreto?

—Según mis informes, los espías de Napoleón están muy activos; pero me han asegurado que no tienen la menor idea de dónde se dirige la expedición. Es más, por una fuente bastante fiable sé que, al parecer, el mismo Bonaparte cree que se dirige a América.

—En tal caso, enviará los barcos que tenga para atacarlos —completó el Conde la idea.

—¡Exactamente!

—Comprendo el plan– dijo el Conde–, lo que no entiendo es dónde encajo yo.

—Utilice la cabeza, mi Querido Muchacho. Como bien sabe, los espías no son personajes siniestros que visten ropas oscuras y se deslizan por los callejones. A menudo son unos ojos suplicantes y una boca tentadora... que pide diamantes.

El Conde frunció el entrecejo.

—¿Es posible entonces que haya mujeres espiando para Francia?

—Con conocimiento de causa o sin ella, pero estoy seguro de que eso está ocurriendo– dijo Lord Barham–, y como comprenderá, Arrow, hablar de más sobre la almohada puede significar la muerte de muchos ingleses en cualquier punto del mapa o el hundimiento de un barco vital en estos momentos para nosotros.

Con voz dura el Conde manifestó,

—Comprendo perfectamente. Yo casi perdí mi barco hace dos meses porque alguien informó al enemigo de nuestra llegada.

—Entonces entenderá mejor aún lo que le pido– dijo su interlocutor–. Muévase entre los amigos de su Alteza Real que asisten al Carlton House, visite a las grandes anfitrionas de los dos partidos, Liberales y Conservadores, y mantenga los ojos muy abiertos y la mente despejada.

—Puede que resulte un fracaso total– señaló el Conde–. Mi especialidad son los barcos y puedo manejarlos mucho mejor que a una mujer, pese a lo que usted parece creer.

Su interlocutor se echó a reír.

—Estaba seguro de que llevaba usted demasiado tiempo en el mar. Bien, ahora olvídese de las hazañas del Capitán Durwin Bow y dedíquese a ser un Conde cuyo mayor interés está en divertirse.

El Conde suspiró

—Creo que casi preferiría ser un funcionario del Almirantazgo.

—¡Eso, mi querido muchacho, sería un desperdicio de su talento, su aspecto y su posición! Nadie espera que el Conde sea un espía, sin embargo, eso es exactamente lo que usted ha de ser, y le ruego tenga en cuenta que la vida de siete mil hombres dependen de usted, aparte de que si no llegan a su destino, tendremos más problemas con los rusos de los que hemos tenido hasta ahora.

—Haré cuanto pueda por desempeñar bien mi cometido.

—Eso es lo que yo quería oír— dijo Lord Barham y, sonriendo se puso de pie.

El Conde comprendió que la entrevista había terminado y se levantó también.

—No venga a verme a menos que tenga algo muy importante que comunicarme— le indicó Lord Barham—. No ponga nada por escrito y no confíe en nadie de este Almirantazgo ni de fuera de él.

El Conde sonrió.

—*My Lord* va a conseguir que se me ponga la carne de gallina.

—De eso se trata— dijo Lord Barham—, hasta ahora ha habido demasiados descuidos y eso es algo que no podemos permitirnos el lujo de repetir.

Hizo una pausa y, cambiando de tono, dijo después,

—A propósito, no hemos sabido nada de Nelson. La verdad, a mí me parece un Almirante demasiado imprevisible.

—¿No tienen ustedes idea de dónde se encuentra?— preguntó sorprendido el Conde.

—¡Ninguna!— repuso Lord Barham secamente—. Y si su único ojo lo ha llevado de nuevo a Egipto, el Gobierno se verá en un aprieto.

—¿Por qué?

—Es imprescindible que Nelson mantenga el control del Mediterráneo central.

—Yo creía que, gracias a su buena actuación, los franceses habían tenido que trasladarse al Atlántico.

—Eso es lo que nosotros esperábamos. Sin embargo, ahora Nelson ha desaparecido y nadie parece saber dónde se encuentra.

—Estoy seguro de que hará lo más adecuado— manifestó el Conde.

Lord Barham pareció un poco escéptico, mas no lo dijo. Acompañó al Conde hasta la puerta y, después de abrirla, dijo con voz lo bastante alta como para que todos le oyeran,

—Me ha dado alegría verlo mi Querido Muchacho. Lo echaremos de menos en la Marina, pero comprendo que tiene muchas cosas que hacer en sus propiedades. Sin embargo, no olvide divertirse también un poco. ¡Se lo merece después de tanto esfuerzo!

Tendió la mano al Conde y, después, uno de los funcionarios de más importancia acompañó a éste a la puerta. Entonces, el Primer Lord regresó a su escritorio con el aire de alguien que acaba de perder mucho tiempo.

El Conde subió a su faetón pensando cómo iba a poder llevar a cabo las instrucciones de Lord Barham.

Sin embargo, poseía un cerebro despierto y había comprendido perfectamente la importancia de la expedición secreta y el peligro que representaba el que los espías de Napoleón hubieran penetrado en la Alta Sociedad inglesa. Todos los países tenían espías y el conde lo sabía muy bien.

Sin embargo, nunca había imaginado que Napoleón fuera lo bastante astuto, como para hacer que los suyos fueran personas aceptadas en los Grandes Salones, en la casa del Príncipe de Gales, quizá, incluso en el Palacio de Buckingham.

Había en Inglaterra muchos franceses emigrados durante la Revolución y que luego prefirieron quedarse, aun cuando Napoleón los invitó a Francia.

Aquellos emigrados quizá representaran un peligro, pero el Conde sabía que ellos odiaban a aquel *"corso aventurero"*, surgido de la Revolución y que luego se hizo Coronar Emperador.

Les parecía un ultraje que se hubiera instalado en el Palacio Real y se rodeara de más pompa que Carlomagno.

«¿Habrá espías entre los emigrantes», se preguntó el Conde. «Si no, ¿quiénes pueden ser?»

Ahora que estaba de regreso en Inglaterra, frecuentaría nuevamente el *Club White*, donde seguramente iba a encontrarse con la mayoría de sus amigos.

Allí se enteraría de los últimos rumores y quizá obtuviera una pista por donde comenzar sus pesquisas para descubrir a los miserables que eran capaces de aceptar dinero de los franceses.

Detuvo su carruaje ante el *club* y, al entrar en éste, no se sorprendió cuando el portero le dijo,

—¡Buenos días, *My Lord!* Es muy agradable verlo por aquí de nuevo, después de tantos años.

Él sonrió.

Era una tradición del *White* que los porteros conocieran y recordaran a todos los socios.

Y, por supuesto, ya se sabía que él no era el Teniente Bow, como la última vez que había estado allí, sino el Conde de Arrow.

—Me alegra estar de regreso, Johnson— repuso.

—El Capitán Crawshore se encuentra en el Salón de la Mañana, *My Lord*— lo informó Johnson.

Al Conde si le llamó la atención que el portero recordara también quienes eran sus amigos.

Entró en el salón indicado y, por un momento los presentes callaron al verlo aparecer.

Pero, casi al instante, Perry Crawshore estuvo junto a él.

—¡Ya estás de regreso!— exclamó estrechándole las manos—. Me preguntaba cuándo te veríamos por aquí.

—Llegué hace unos días— respondió el Conde— y lo primero que hice fue ir a mi casa de la Plaza Berkeley, por cierto, que se encuentra hecha un desastre.

—Yo te hubiera ayudado de habérmelo insinuado— aseguró Perry.

—Pues te lo estoy insinuando ahora.

Se sentaron ambos en unos cómodos sillones de cuero y el Conde pidió a uno de los camareros que le sirviera una copa.

—Ahora que ya estás aquí, ¿qué piensas hacer?— preguntó Perry.

—Divertirme— respondió el Conde—. He estado balanceándome sobre el mar tanto tiempo, que pensaba que ya nunca iba a poder sostenerme en tierra firme.

—¿Vas a permanecer en Londres o piensas irte al campo?

—Las dos cosas. Y espero que tú me presentes a todas las bellezas de Londres como si yo fuera un inocente novicio.

Perry Crawshore soltó la carcajada, y varios de los presentes, antiguos conocidos del Conde, se acercaron para preguntarle dónde había estado.

—Pensábamos que te había tragado un león marino o que te habías fugado con una sirena— comentó uno de ellos.

—En el Mediterráneo no he visto una sola sirena— repuso el Conde—, y los delfines son más latosos que los mismos franceses.

—¿Cuánto tiempo va a durar esta maldita guerra?— preguntó alguien.

El Conde vio que todos le miraban en espera de una respuesta.

—¡Hasta que Napoleón sea derrotado, y eso únicamente nosotros podemos conseguirlo!— fue su rotunda contestación.

*

Shenda recorría la Casa que había sido su hogar desde que ella podía recordarlo. ¡Qué difícil aceptar que había de abandonarla!

El nuevo Administrador de Arrow le había hecho llegar una carta en la cual la instaba a salir de la casa en dos semanas. Al recibirla, Shenda se echó a llorar sin poder reprimirse.

La única persona a quien podía recurrir era el hermano mayor de su padre, quien, a la muerte de su abuelo, se había instalado en la casa familiar de Gloucestershire.

Lo había visto dos veces durante el año anterior y le parecía muy diferente a su padre. Además, sabía que andaba muy escaso de recursos y, que con sus cuatro hijos, le resultaba muy difícil salir adelante.

«Cómo voy a convertirme en otra carga para él», se preguntó llena de ansiedad.

Sin embargo, no tenía ninguna otra parte donde ir. Nunca había conocido a la familia de su madre, que vivía en el Norte de Escocia, pero sabía que ellos jamás habían aceptado a su padre.

Mientras embalaba su ropa y los objetos que deseaba conservar, no podía dejar de pensar en el futuro.

El único dinero que tenía eran unas cuantas libras que había obtenido vendiendo los muebles que no valía la pena conservar.

Johnson, el granjero cuyo toro causó la muerte de su padre, se había ofrecido a guardarle cualquier cosa que quisiera dejar.

Había un baúl que todavía estaba a medio llenar y, al verlo, Shenda recordó que el mantel favorito de su madre aún se encontraba guardado en una alacena del comedor.

Fue en su busca y, al sacarlo, vio que el encaje estaba roto en uno de los extremos. Era preciso arreglarlo.

Su madre la enseñó a coser y a bordar tan bien como ella lo hacía.

También sabía reparar los encajes y las telas finas con puntadas tan pequeñas, que todas las mujeres de la aldea admiraban su labor.

Envolvió el mantel en papel blanco y lo guardó con cuidado en el baúl.

Mientras lo hacía, se preguntó si alguna vez volvería a tener un hogar. Y, de pronto, se le ocurrió una idea que le pareció inspirada por su madre, a quien la noche anterior había pedido ayuda fervorosamente.

—¡Ven, Rufus, vamos a dar un paseo!— dijo al perro y seguida por este, cuya pata había sanado casi por completo, corrió a su habitación para ponerse el sombrero.

Después, siempre con Rufus acompañándola, salió al jardín lleno de flores y de éste pasó al bosque colindante.

Esta vez no tomó el camino que conducía al estanque, sino que se dirigió al castillo, que se alzaba imponente con su antigua torre apuntando hacia el cielo, sobre el fondo oscuro del bosque.

A Shenda, cada vez que lo veía se le antojaba más hermoso el jardín del castillo, sobre todo ahora en primavera, cuando los almendros estaban en flor y los setos acababan de ser recortados.

Siempre que iba allí aprovechaba para decirle a Hodges, el Jardinero Mayor, lo bonito y bien cuidado que lo tenía.

Había en el jardín una cascada, una fuente, un área para juegos, un herbario, y muchos otros rincones que deleitaban la vista de Shenda y le encendían la imaginación, haciéndola recordar historias acerca de los antiguos habitantes del castillo, sobre todo el caballero que lo construyó.

En los tiempos medievales había tenido lugar una batalla y el Comandante, cuyo nombre era Hlodwig, se enfrentó a los invasores daneses.

Los ingleses estaban perdiendo la batalla cuando Hlodwig mató al jefe enemigo con una flecha de su arco.

Como respuesta, fue armado caballero y se convirtió en Sir Justin Bow.

Entonces se fue a vivir tierra adentro y construyó la Mansión a la que llamó Arrow. Y con este nombre se creó el Condado en tiempos de Carlos II.

A través de la historia, los Bow habían servido a la patria con las armas y también como Consejeros Reales.

Shenda se imaginaba el castillo lleno de caballeros con sus brillantes armaduras y de damas con sus atavíos al estilo medieval.

Muchas veces se había imaginado a sí misma ataviada de aquel modo, pero lo que más deseaba era tener uno de aquellos vestidos que, últimamente la Emperatriz Josefina había puesto de moda en Francia.

Estaba segura de que un traje así, hecho de gasa casi transparente, con talle alto, mangas abullonadas y cintas que ceñían el pecho le sentaría muy bien a ella.

Sin embargo, al llegar al castillo pensó que, en sus circunstancias lo que más debía preocuparle no era un vestido nuevo, sino hallar la manera de subsistir.

Llamó a la puerta principal como de costumbre, pero cuando le abrió un criado nuevo a quien ella no conocía, se preguntó si no debería haber ido por la puerta de la cocina.

—Deseo ver a la Señora Davison— solicitó con su voz suave.

—Veré si puede recibirla— dijo el criado—. ¿A quién debo anunciar?

—A la Señorita Lynd— respondió Shenda—. Vengo de la Vicaría.

La actitud del sirviente cambió.

—Si quiere acompañarme, Señorita, la llevaré al despacho de la Señora Davison.

—Gracias.

Shenda esperaba que el nuevo Conde contratara más personal, ya que la servidumbre se había visto muy reducida durante los dos últimos años, pero hubiera preferido que no despidiese a los criados antiguos, que ella conocía desde pequeña, ya que su padre visitaba el castillo cada semana y siempre la llevaba consigo.

Algunas veces, mientras su padre conversaba con el Conde, ella esperaba fuera, en el coche en que había ido.

En otras ocasiones, Bates, el mayordomo, la hacía pasar a uno de los saloncitos reservados para las visitas.

Si era por la tarde, Bates le ofrecía una taza de té en el Salón de la Mañana, que era utilizado como comedor por la Familia cuando pasaba allí alguna temporada.

Casi todas las demás habitaciones del castillo se encontraban cerradas con llave.

Ahora, Shenda sintió deseos de preguntar si los Grandes Salones habían sido abiertos, pero temió que el sirviente la tomara por demasiado curiosa.

El hombre llamó a la puerta del despacho del ama de llaves y, al oír que ésta decía «*adelante*», abrió y dejó pasar a Shenda.

En cuanto vio a la joven, la Señora Davison lanzó una exclamación de alegría.

—¡Señorita Shenda!— exclamó—. Estaba pensando en usted y preguntándome qué proyectos tendría después de la muerte de su padre.

—De eso vengo a hablarle precisamente— respondió Shenda.

—Siento mucho lo ocurrido, Querida— dijo la Señora Davison y, tomándola de la mano, la condujo hasta un sofá y se sentó junto a ella—. ¡Pobrecita, cómo se sentirá sin sus padres..!

—El nuevo Vicario llegará en cualquier momento— dijo Shenda, conteniéndose para no echarse a llorar.

—¿Tan pronto?— exclamó la Señora Davison—. Eso es obra del nuevo administrador. Todo lo hace en un santiamén y no deja tiempo ni para respirar.

—Ya he visto que hay un nuevo lacayo— comentó Shenda.

—¡Cuatro nada menos! Pero será agradable ver la casa llena de gente como en los buenos tiempos. El próximo viernes llegará un grupo de Londres compuesto por doce invitados.

—¿Vendrá el nuevo Conde?

—¡Por supuesto!

Shenda pensó que le gustaría conocerlo, mas procuró concentrarse en lo que la había llevado allí.

—Señora Davison, tengo una idea que... bien, no sé qué le parecería a usted...

—¿Una idea? Si es tan buena como las que solía darme su madre, la aceptaré encantada.

—Es usted muy amable, pero creo que antes de nada, debo decirle que no tengo dinero ni a donde ir.

La Señora Davison la miró sorprendida.

—¡Casi no puedo creerlo! ¿Y sus parientes?

—Prácticamente el único es un hermano de papá que vive en Gloucestershire, y estoy segura de que no nos quiere a su lado ni a mí ni a Rufus.

Shenda bajó la mano y acarició a Rufus, que se encontraba a sus pies.

—¡Dios mío, qué pena!— se compadeció el ama de llaves—. Pero dígame, ¿cuál es su idea, Señorita Shenda?

—Pues... se me ha ocurrido que sería estupendo si... si pudiese trabajar aquí como costurera. Mamá me contó que en los viejos tiempos, cuando la Condesa y ella eran amigas, siempre, había una en el castillo.

—Así era— confirmó la señora Davison—, pero cuando murió la última no la reemplacé porque con la casa casi cerrada, para lo poco que había que coser ya me bastaba yo. Claro que ahora las cosas han cambiado.

—¿Ya ha contratado a alguien?— preguntó la joven con ansiedad.

—No, no, pero lo había pensado, sobre todo al saber que dentro de tres días llegarán doce invitados que, además, traerán a sus doncellas y sus ayudas de cámara.

La Señora Davison suspiró al añadir,

—¡Seguro que después de la visita hay un buen número de cosas que zurcir y remendar!

—Yo podría hacer eso y arreglar cualquier otra cosa— aseguró Shenda.

—¡Pero usted es una dama, Señorita Shenda! ¡Lo que debería hacer es tratar con los invitados de Su Señoría! Ninguna de las damas será tan bonita como usted, ¡seguro!

Shenda se echó a reír.

—¡Qué amable es usted! Pero bien sabe que yo sería Cenicienta en palacio, sin un vestido adecuado que ponerme.

Después, con un tono muy diferente, Shenda rogó,

—¡Por favor, Señora Davison, permítame quedarme! Me sentiría muy infeliz lejos de la aldea y de toda la gente que conoció a mis padres. Si puedo permanecer cerca, será como vivir en casa. Es bastante improbable que Su Señoría llegue a conocerme siquiera.

—Eso es cierto— comunicó la Señora Davison—, y supongo que el nuevo encargado, el Señor Marlow, no interferirá en el Gobierno de la Casa.

—Entonces... ¿puedo quedarme? Por favor, Señora Davison...

—Por supuesto que puede quedarse, Señorita Shenda, si eso la hace feliz— accedió el ama de llaves—. Comerá usted conmigo, y el cuarto de costura, que está en la planta superior, tiene un dormitorio anexo muy cómodo.

La Señora Davison pensó unos momentos y cambió de idea,

—No, creo que eso sería un error. Voy a ponerla junto a mí. Hay dos cuartos para las doncellas de las visitas que fácilmente puedo convertir en cuarto de costura y dormitorio. Así podré cuidar mejor de usted.

—¡Qué buena es usted!— exclamó Shenda, y los ojos se le llenaron de lágrimas cuando añadió—. Creí que habría de irme, que nadie... me iba a querer.

—¡Yo sí la quiero, Señorita, se lo digo de veras!— aseguró la Señora Davison—. Además, pensaba decirle a Su Señoría que necesitaba ayuda.

Shenda sonrió.

—Ahora puede decirle que ya la tiene. Será muy bonito estar aquí... Podré charlar con usted acerca de mis padres y así no me sentiré tan sola y apartada de cuanto me es familiar.

Mientras hablaba, una lágrima la corrió por la mejilla. Se la enjugó con el dorso de la mano y suspiró.

No se entristezca– le aconsejó la Señora Davison–. Vamos a tomar una buena taza de café y me dirá que es lo que desea traer de su casa.

—Johnson ha sido muy amable y me ha dicho que él me guardará cualquier cosa que no necesite por el momento, pero sería muy agradable poder tener mis cosas aquí. ¿Habrá sitio en las buhardillas?

—Hay sitio para el mobiliario de doce casas. Puede tener sus pertenencias más queridas y así las tendrá a mano si las necesita.

—¡Eso será maravilloso!– exclamó Shenda–. Y si no tiene usted demasiado trabajo que darme, quizá yo pueda hacerme un vestido. Hace años que no he podido comprar uno nuevo y no me gustaría que llegara a avergonzarse usted de mí.

La Señora Davison sonrió.

—Es usted exactamente como su madre, la mujer más bella que jamás he conocido, ¡y le aseguro que no miento!

Shenda, emocionada, le dio un beso en la mejilla al ama de llaves.

—¡Bueno, todo arreglado!– dijo la buena mujer–. Seguro que el Señor Bates estará tan contento como yo de que se halle usted a salvo y podamos ayudarla. Aparte de los que la conocemos desde hace años, no hay necesidad de que los demás sepan quién es usted.

Al ver que Shenda parecía no comprender, le explicó,

—Los nuevos empleados podrían sentirse un poco incómodos si supieran que es usted una dama y que trabaja igual que ellos.

—Ah, comprendo... Seré muy cuidadosa al respecto.

—En realidad, no tiene por qué tratarse mucho con ellos. Dispondrá de su propio saloncito y comerá conmigo.

—Yo puedo comer sola si usted tiene que hacerlo en el comedor del ama de llaves— dijo Shenda.

Sabía que los sirvientes de mayor importancia comían en el llamado «*Comedor del Ama de Llaves*», mientras que los de menos categoría lo hacían en otros sitio junto a la cocina.

—Déjelo todo a mi cuidado— respondió la Señora Davison—. Yo sé qué es lo que su Querida Madre hubiera deseado para usted. No quiero que se mezcle con quienes puedan no tratarla como se merece.

Shenda dio las gracias a la Señora Davison una vez más y elevó el pensamiento hacia su Madre:

«¡Gracias, Mamá! Seguro que esto fue idea tuya... ¡y ahora me encuentro a salvo!»

Capítulo 3

EL CONDE esperaba, complacido, su primera fiesta en el Castillo.

Perry le había sugerido que invitase a los amigos de otros tiempos, junto con las bellas mujeres con las cuales mantenían relaciones en aquellos momentos.

Perry no sólo estaba contento por el regreso del Conde, sino que consideraba muy importante que éste se divirtiera en Londres después de tantos años de ausencia.

–Tienes que olvidarte de la guerra, mi viejo amigo– le dijo–. Todos estamos hartos de ella y el Príncipe de Gales marca la pauta al divertirse de una manera continua y extravagante.

Por un momento, el Conde sólo pudo pensar en los sufrimientos de los Marinos a quienes se les hacía casi imposible mantener el bloqueo a los puertos franceses mes tras mes, o perseguir a los barcos enemigos desde el Mediterráneo hasta las Antillas Menores.

Ya se habían acostumbrado a sobrevivir con los escasos alimentos con que contaban a bordo, pues lo más importante era vencer a Napoleón y evitar que éste conquistara Inglaterra.

Como si se diera cuenta de lo que el Conde estaba pensando, Perry dijo,

—Olvídalo por el momento. Llevas tanto tiempo pensando en Bonaparte, que ya empiezas a parecerte a él.

Esto hizo reír al Conde, que a continuación escuchó con mejor humor los planes de diversión que su amigo le expuso.

El primero era muy sencillo.

Perry le presentó a una de las mujeres más atractivas que jamás había conocido y al Conde, en cuanto miró sus ojos oscuros y expresivos, no le resultó difícil hacer que las memorias de la guerra pasaran a segundo plano.

Lucille Gratton era la esposa de un par mucho mayor que ella, dueño de una finca grande, pero arruinada, en Irlanda.

Como era tan bella, estaba acostumbrada a que los hombres cayeran rendidos a sus pies.

Ya había tenido varios amantes durante las estancias de su esposo en la verde Erín, pero al cabo de algún tiempo siempre la aburrían.

Andaba en busca de un hombre rico y diferente cuando Perry le presentó al Conde.

Para éste, después de tantos meses en el mar sin ver siquiera a una mujer, Lucille fue como una revelación y, para satisfacción de Perry, quedó cautivado.

La primera noche cenaron en una fiesta y la siguiente estuvieron a solas en casa de ella.

Al amanecer, cuando el Conde iba hacia su casa, pensó satisfecho que los muchos años en el ar no habían hecho que dejara de ser un buen amante. Jamás había conocido a una mujer más apasionada, ardiente e insaciable.

Lucille Gratton había aceptado su invitación al castillo, y estuvo seguro de que con la presencia de ella, la fiesta sería cuanto deseaba que fuera como primer acto social de importancia en su calidad de nuevo Conde de Arrow.

Hizo saber sus necesidades a los encargados del castillo, por medio del viejo secretario que había servido a su padre.

Perry le ayudó a preparar un plano para la distribución de las habitaciones, señalándole que las personas que formaban pareja debían quedar lo más cerca posible, una de otra.

—¿Es eso lo corriente?— le preguntó el Conde.

—Te aseguro que se hace en las mejores casas— contestó Perry—. ¡Por Dios, Durwin, tienes suficiente edad como para conocer las verdades de la vida!

Los dos rieron, pero el Conde no pudo evitar cierto disgusto al pensar que las aventuras amorosas se desarrollaban casi a la vista de todos.

Era muy diferente a como había sido en los días de su madre. Sin embargo, estaba dispuesto a dejarse llevar por la corriente, ya que esto se avenía con las instrucciones de Lord Barham.

Al repasar la lista de sus invitados, estuvo seguro de que no había ningún espía entre ellos. Mas quizá algún detalle le indicara el camino que debía seguir...

Perry había escogido, como invitados masculinos, a dos nobles que el Conde conocía de antes, un Marqués que heredaría un importante Ducado y un Baronet que trabajaba en el Almirantazgo. Con ellos dos, el total era de seis hombres.

Además de Lucille, fueron invitadas cinco damas que el Conde no conocía, pero le aseguraron que eran la flor y nata de las bellezas que solían engalanar Carlton House.

El Conde confiaba en que todo saliese a la perfección en el castillo.

Le agradó saber que algunos de los viejos sirvientes todavía estaban allí, entre ellos Bates, el mayordomo, a quien recordaba desde los tiempos de su niñez, y la Señora Davison, que le llevaba golosinas a su habitación cuando lo castigaban.

Al llegar a Inglaterra, había nombrado a un nuevo administrador de la finca, pues el cargo estaba libre.

El administrador, llamado Marlow, le había sido recomendado por un Almirante con quien había viajado, desde Portsmouth a Londres.

Tan pronto como llegó a Berkeley Square lo mandó llamar y, como le pareció eficiente, de inmediato lo envió al castillo con instrucciones de ver las reparaciones que hacían falta.

Como su padre había estado enfermo en los últimos años, los gastos habían sido pocos, así que en el banco tenía una buena cantidad de dinero para invertir en reparaciones.

«Lo primero que debo hacer», se dijo cuando recibió un informe de su administrador, «es visitar a los granjeros. Seguro que me acordaré de algunos de ellos. También debo asegurarme de que los pensionistas reciben un buen trato».

Pero mientras viajaba hacia el castillo en su faetón nuevo y acompañado por Perry, tuvo la sospecha de que hasta que la reunión hubiera terminado no tendría tiempo de hacer nada al respecto.

En su casa de Berkeley Square también había mucho por hacer. Había estado cerrada durante la enfermedad de su padre y los sirvientes habían sido despedidos o jubilados con una pensión.

Pero el Conde estaba acostumbrado a organizar y, comparado con las exigencias de un barco de guerra como el que antes mandaba, lo de la casa resultaba muy fácil.

Hubo de comprarse un guardarropa nuevo. Nunca había tenido mucha ropa de civil y la poca que tenía estaba ya muy usada o fuera de moda por completo.

A las cuarenta y ocho horas de haber llegado a Londres, ya se veía lo bastante presentable para salir de la casa.

Esto fue posible gracias a que Weston, el sastre de moda, le prestó varias prendas mientras le alistaba el nuevo vestuario.

Luego, a los cuatro días de regresar, visitó a Lord Barham en el Almirantazgo.

Ahora, mientras conducía sus estupendos caballos, se dijo que aquél era el primer momento en que podía relajarse desde su retorno a Londres.

–Me alegra de que te guste Lucille– le iba diciendo Perry–. Yo siempre la he considerado la más bella de sus coetáneas y mucho más inteligente que la mayoría de ellas.

El Conde trató de recordar si había tenido alguna con-versación inteligente con Lucille. La verdad era que sus breves charlas versaban acerca de un solo tema, así que prefirió no decir nada.

A continuación Perry se puso a hablarle de las últimas fiestas a las cuales había asistido en la capital.

–¿Es que en Londres nadie piensa en la guerra?– preguntó el Conde.

–No, si es posible evitarlo– respondió Perry–. Se está prolongando demasiado. ¡Esperamos que un milagro nos permita derrotar a Napoleón lo antes posible!

El Conde pensó que aquello era muy improbable como también lo era que él pudiese ayudar a la derrota del enemigo de la manera que Lord Barham esperaba.

En consecuencia, tarde o temprano tendría que encontrar mejor ocupación que dormir con bellas mujeres y disfrutar en compañía de amigos como Perry.

Por supuesto, no dijo nada de esto.

Tenía que representar el papel de hombre despreocupado, con un solo fin en la vida: divertirse.

Cuando ante su vista apareció el castillo, sintió una fuerte emoción.

Resultaba extraordinario que ahora el propietario fuera él.

Mientras estaba en la Marina, jamás se le ocurrió imaginar que su hermano George iba a morir y él sería el nuevo Conde.

Pero ya que las cosas habían venido así, estaba determinado a no defraudar a la familia.

George había sido entrenado para ello desde que era un niño, mientras que él siempre ocupaba un lugar secundario.

Recordaba que, poco antes de ser nombrado Teniente de Navío, se le ocurrió pedirle un poco más de dinero a su padre. Éste le dijo que cualquier cantidad extra debía serle entregada a George.

—Él ocupará mi lugar como jefe de la familia— alegó—, y si su herencia se ve mermada, no podrá hacer honor al título como debe, ni cuidar de quienes dependen de él.

Entonces, al joven Teniente le fue difícil comprender aquello, pero ahora, como titular del Condado de Arrow, preveía las muchas demandas que recibiría.

Tenía que ser equitativo y no darle a un pariente más que a otro.

Tal como esperaba, todas las anfitrionas que había conocido en Londres la semana anterior, le preguntaron cuándo pensaba casarse.

—No pienso hacerlo en mucho tiempo— era su respuesta, y sólo una de aquellas damas, Lady Holland, manifestó su acuerdo con él.

—Tiene razón. Tómeselo con calma y cuando encuentre una mujer a la que ame, asegúrese de que ésta no sólo adorne su mesa y luzca las joyas de la familia, sino que también sea una buena madre para sus hijos.

Esto era algo muy diferente a lo que le habían dicho las damas anfitrionas con hijas casaderas y para las cuales lo único importante era que la Condesa de Arrow fuese de sangre azul.

Las jovencitas que había conocido hasta entonces eran tímidas e inmaduras, lo que le reafirmaba en su idea de no casarse hasta que la guerra no hubiera terminado.

Perry le aconsejó que tuviera cuidado con las madres más ambiciosas.

—No olvides, Durwin— le advirtió—, que ahora eres un partido mucho más apetecible que cuando eras un Marino de futuro incierto.

—¡Te aseguro que no me pescarán, por más tentadora que sea la carnada!

—No presumas— le previno Perry—. Hombres mejores que tú se han encontrado uncidos al carro nupcial antes de darse cuenta siquiera de lo que se les venía encima.

—No soy un tonto— replicó el Conde—. Y cuando me case, no tengo intención de soportar conversaciones insustanciales desde el desayuno hasta la cena, con una mujer cuyo único mérito sea que su padre lleve una corona nobiliaria.

Perry se echó a reír.

—Pues lo que a ti te hace atractivo ahora es precisamente ese detallito de la corona.

—Si continúas alarmándome, regreso a mi barco mañana mismo. Les tengo menos miedo a los franceses que a ciertas matronas que he conocido en esta semana.

Mientras se acercaban a la entrada del castillo, el Conde recordó que, siendo niño, le gustaba mucho jugar en la vieja torre y correr por los Grandes Salones.

Algún día tendría un hijo que montara primero en el tradicional caballito de madera, luego un poni y, finalmente, un caballo de verdad.

Nunca olvidaría la emoción sentida al saltar por primera vez una cerca o al pescar la primera trucha en el río.

—¡Debo reconocer que el castillo se ve magnífico!— exclamó Perry—. Da la sensación de que, en cualquier momento, va a aparecer por la puerta un grupo de caballeros medievales con sus armaduras.

—Pues ya me voy a molestar si no lo hace un grupo de lacayos bien uniformados— dijo el Conde.

Como Bates era un hombre muy eficiente, todo resultó tal como él preveía.

En el estudio los esperaba una botella de champán frío y emparedados de paté, por si tenían hambre después del viaje.

—Salimos tarde, así que comimos en el camino— le dijo el conde a Bates.

—Supuse que así lo harían, *my Lord*, pero la comida de las hostelerías no es muy apetitosa.

—Tiene usted razón, y en adelante llevaré mi propia comida.

—Eso es lo que el padre de Su Señoría, que en paz descanse, hacía siempre.

Cuando se retiró el mayordomo, el Conde dijo riendo,

—Con Bates aquí me será muy difícil hacer algo de manera diferente a como lo hacían mi padre, mi abuelo y todos los Condes anteriores.

—Y me parece muy bien— manifestó Perry—. Demasiadas tradiciones se están desechando. La gente culpa a la guerra, pero yo creo que, en realidad, todos nos hemos vuelto incapaces y negligentes.

Esto era algo que el Conde nunca había sido, y se dijo que debía gobernar su casa como había gobernado su barco, con una eficacia en la que nadie pudiera encontrar fallos.

Invitó a Perry a recorrer el castillo, no sólo para mostrárselo a su amigo, sino también porque él quería verlo otra vez.

Admiraron ambos la magnificencia de los salones, la Galería de Pinturas, la Capilla, los dormitorios que llevaban el nombre de los Reyes y Reinas que habían dormido en ellos...

De nuevo en el estudio, Perry se dejó caer en una silla y declaró,

—Lo único que puedo decir, Durwin, es que eres un tipo afortunado.

—Sí, pero hay muchas reparaciones que hacer aquí. Debo decirle a Marlow que contrate pintores y carpinteros lo antes posible.

—A mí me parece muy bien tal como está. Claro que ignoramos cómo se encuentran las caballerizas.

—Para eso necesitaré de tu ayuda. Adquirí en Londres una docena de caballos que ya deben de estar aquí, pero voy a comprar muchos más.

—Recordarás que tienes una casa en Newmarket, ¿no?

—Se me había olvidado hasta que el Príncipe me lo recordó. Compraré caballos de carreras, pero quiero que sean los mejores.

—¡Ah, por supuesto!— exclamó Perry en tono burlón, mas su amigo no le hizo caso.

Habíase acercado a una de las ventanas y, mirando al exterior, pensó qué afortunado era.

Antes de comprar los caballos de carreras quería que su finca estuviera en buenas condiciones y que se realizaran todas las reparaciones necesarias.

Había leído ya la lista provisional preparada por Marlow. Se alarmó al conocer el mal estado en que se encontraban las casas de los pensionistas, de la falta de una escuela y, sobre todo, enterarse de los muchos hombres que estaban sin trabajo tras haber regresado de la guerra.

«Sí, hay mucho que hacer», repitió para sí.

En realidad, le agradaba saber que no estaría desocupado ahora que había dejado la Marina.

Bates rompió el silencio al abrir la puerta para anunciar,

—Los primeros invitados de Su Señoría acaban de llegar. Los he llevado al Salón Azul, *my Lord*.

—¿Quiénes son?— preguntó Perry antes de que el Conde pudiera hablar.

—Lady Evelyn Ashby y Lady Gratton, acompañadas de dos caballeros, Señor.

Perry miró al Conde.

—¡Lucille!— exclamó.

El Conde, sin tomarse la molestia de responder, salió apresurado del estudio, ansioso de ver a Lady Gratton.

En su habitación, Shenda estaba intrigada por la algarabía y la conmoción que reinaba en todo el castillo por la fiesta del Conde.

—Será como en los viejos tiempos— repetía la Señora Davison una y otra vez, le mostró a la joven la lista de los dormitorios que iban a ocupar los invitados.

—Lady Ashby estará en la habitación Carlos II— fue relacionando—, otra dama ocupará el Dormitorio Reina Ana, otra el Duquesa de Northumberland, y a Lady Gratton se le ha asignado la habitación Reina Isabel. ¡Ella es quien más le gusta a Su Señoría!

—¿Cómo lo sabe?— preguntó Shenda.

La Señora Davison sonrió.

—Mi sobrina trabaja en Arrow House, la casa de Su Señoría en Londres, y me escribió para contarme lo encantador que es *my Lord* y que la dama más bella de Inglaterra, según dicen ya se encuentra en sus brazos.

—¿Supone usted que se casará con ella?— preguntó Shenda.

—¡Oh, no, Señorita, nada de eso! Lady Gratton está casada con un caballero que se encuentra luchando con su regimiento en Francia.

Shenda pareció sorprendida y la Señora Davison se apresuró a decir,

—Las damas de Londres se divierten aun cuando su esposo no está en casa.

—Comprendo...—murmuró Shenda, pero al mismo tiempo pensaba que si ella tuviese a su esposo en la guerra, no sentiría deseos de salir a divertirse con ningún Conde. Sin duda había muchas cosas que aquellas damas podrían hacer para ayudar a los soldados.

Sin embargo, se reprochó, ella no debía criticar. Tenía mucha suerte de poder estar en el castillo, mas no se olvidaba de los hombres de la aldea que habían regresado heridos de la guerra ni de los campesinos que tenían hijos en el Ejército.

«Me pregunto si el Conde añorará el mar», pensaba mientras, en su habitación, acababa de reparar el encaje de una sábana que se había desgarrado al lavarla.

Acudían a su mente las muchas historias que, acerca del valor del Conde, se habían propagado por la aldea.

Tarde o temprano llegaban también a sus oídos, fuese por Martha o por cualquier campesina.

–No lo va a creer usted, Señorita Lynd...– comenzaban a decir y todas competían con las demás por narrar alguna novedad.

Shenda no recordaba haber visto al Conde, pero seguro que lo había hecho cuando era niña.

Imaginaba que era alto y bien parecido como la mayoría de los Bow. Los retratos que se conservaban en el castillo dejaban ver una semejanza familiar que venía desde mucho tiempo atrás.

Una de las cosas que más le habían llamado la atención desde su llegada era la Galería de Pinturas, que no sólo contenía retratos, sino también muchas otras obras de pintores célebres, reunidas poco a poco a través de los años.

Le encantaba la pintura italiana y también algunos cuadros franceses habían despertado su interés.

Por todas partes en el castillo aparecían colgados retratos de miembros de la familia. Shenda tenía la sensación de que estaban vigilando a la Familia actual y que al nuevo Conde le iba a ser imposible no sentir la influencia de sus miradas, que aún parecían tener vida.

A la joven se le antojaba extraño que el Conde fuese a celebrar una fiesta antes de haber tenido tiempo de inspeccionar la casa y conocer a quienes lo servían.

«Tiene muchas cosas por hacer», pensaba cuando terminó de zurcir el encaje. Lo había hecho tan bien, que era imposible ver donde había estado roto.

Con un suspiro, decidió que aquello no era asunto suyo. En cuanto a ella, lo más importante era que el Conde ignorase su presencia en el castillo, pues sospechaba que no estaría de acuerdo en que la hija de un Vicario fuera sirvienta suya.

Se estremeció al pensar lo terrible que sería verse obligada a salir de allí y buscar empleo en otra parte.

—Somos muy felices aquí, ¿verdad?— le dijo a Rufus y pensó en la conveniencia de permanecer escondida hasta que el Conde regresara a Londres. Entonces podría volver al bosque y tenerlo para ella sola.

Rufus estaba inquieto, así que decidió sacarlo a pasear antes de que llegara el Conde, lo cual estaba previsto para la tarde.

Bajó por una escalera lateral con Rufus al lado y abrió una puerta que daba al jardín.

Desde que se anunció el regreso del Conde, los jardineros estaban trabajando a destajo para hacer que todo estuviese aún mejor que antes.

Como el clima era cálido, los árboles y arbustos estaban llenos de flores y la hierba tenía un precioso color verde.

Shenda tomó un camino secreto que llevaba a la cascada. Aquél era uno de sus rincones favoritos, pues le encantaba ver caer el agua sobre las rocas, formando un remanso donde los peces nadaban entre los lirios.

Temerosa de que la privaran de toda aquella hermosura, rezó para que el Conde no la descubriera.

Mientras lo hacía, pensó sin querer en el caballero que había rescatado a Rufus de la trampa en el bosque.

La había besado, y aún se le hacía difícil admitir que aquello hubiese sido una realidad.

¿Cómo había podido dejar que un desconocido la besara en los labios?

«Seguramente estuvo mal... pero fue muy agradable», reconoció.

Poco después, como tenía miedo de que alguien la viera, regresó al castillo apresuradamente.

–Los invitados de Su Señoría ya llegaron– la informó la Señora Dávison, que entró casi corriendo en la habitación donde Shenda se encontraba dedicada nuevamente a su labor.

–¿Las Damas son tan bellas como dicen?– preguntó la joven.

–¡Sin lugar a dudas! Todas visten a la última moda y si sus sombreros fueran un poco más altos, no entrarían por las puertas.

Shenda rió divertida.

Desde su llegada al castillo había descubierto que la Señora Davison leía todas las revistas femeninas, y ella misma las encontraba interesantes y entretenidas.

Las caricaturas eran a veces tan satíricas, que Shenda se preguntó si a aquellas personas no les importaría verse representadas así.

—Es una vergüenza, pero hay que reírse— decía la Señora Davison, quien le mostró a Shenda algunas caricaturas originales de los dibujantes más populares que se encontraban en la biblioteca.

—El viejo Conde las encargó hace muchos años— explicó—. Tan pronto aparecían en las tiendas, a él le enviaban una copia.

—Debían de divertirlo mucho— observó la joven.

—Así era. Luego, cuando Su Señoría enfermó, los dibujos siguieron llegando porque nadie se ocupó de cancelar la suscripción, así que los hay hasta de nuestros días. Aquellas caricaturas le mostraron a Shenda mucho de lo que se conocía como «*gran mundo*».

Asimismo, la biblioteca constituía un deleite para ella. Era enorme y hasta el año anterior había habido un encargado quien se ocupaba de adquirir todos los libros de interés que iban apareciendo.

Para Shenda fue como si le hubieran dado las llaves del paraíso. Se llevó un buen número de libros a su habitación y, cuando terminaba el trabajo pendiente, se abstraía en la lectura.

Esto le permitió continuar su educación más allá de donde había quedado al fallecer su padre.

—Hay una cosa que supondrá un aumento de trabajo— le estaba diciendo ahora la Señora Davison.

—¿Qué es?

—Lady Gratton ha venido sin su doncella personal. Al parecer sufrió un accidente justo antes de partir— el ama de llaves suspiró—. Eso me dejará escasa de personal, ya que Rósie tendrá que atender a Lady Gratton, y estas damas quieren tener alguien a su servicio durante las veinticuatro horas del día.

Como estaba molesta, la Señora Davison salió apresuradamente de la habitación y dejó sola a Shenda.

Ésta la vio irse con un poco de envidia.

Pero sabía que sería erróneo tratar de observar a las invitadas del Conde. Debía permanecer oculta, así jamás las vería, como tampoco vería al Conde.

«Debo tener muchísimo cuidado», se recomendó a sí misma.

Había hablado en voz alta y, al oír su voz, Rufus se levantó y le puso una pata sobre la rodilla.

—Debo ser muy precavida— le dijo entonces al perro—, y tu también. Si ladras y Su Señoría te oye, quizá diga que no quiere perros extraños en su casa. ¡Podrían mandarte a las caballerizas!

La idea le resultaba insoportable, así que tomó al perro en brazos y lo apretó contra su pecho.

—Además, podrían despedirnos y eso no debe ocurrir. Me agrada mucho estar aquí, Rufus. Los dos comemos bien y estamos a salvo, así que debemos ser muy buenos y tener mucho cuidado, ¿me oyes, Rufus...?

Capítulo 4

SENTADO a la cabecera de la mesa del gran comedor, al Conde le pareció estar viendo una escena de su niñez, cuando acostumbraba observar los banquetes desde la Galería de los Músicos.

Entonces su padre se le antojaba un rey entre su corte.

Su madre, con una tiara reluciente y el pecho cubierto de brillantes, ya había pasado previamente por su habitación para desearle felices sueños.

–¡Pareces una Princesa de cuento de hadas!– le había dicho en una ocasión, cosa que a ella la divirtió muchísimo y la conmovió a la vez.

Cuando murió su madre, el Conde– un niño a la sazón–, pensó que jamás podría olvidar su dulzura y que ninguna otra mujer podía ser como ella.

Ahora, durante la cena, estaba pensando que Lucille y las demás invitadas eran las mujeres más hermosas que podía recordar.

Cada una poseía una belleza peculiar que a los hombres les haría difícil resistirse. Sobre todo si se trataba de alguien que, como él, había estado embarcado tanto tiempo.

Al firmarse el armisticio de 1802, el Conde no había regresado a Inglaterra como hicieron muchos otros oficiales. Ante todo porque le ordenaron permanecer con su barco en el Mediterráneo, mas también porque, si obtenía una licencia, prefería ver alguna parte del mundo que no hubiera sido invadida por Napoleón.

Fue así como visitó Egipto, Constantinopla y, posteriormente, Grecia.

Aquellos países y sus habitantes parecían abrir nuevos horizontes en su mente, por lo cual no le pesó haber estado tanto tiempo ausente de la patria.

Cuando decidió regresar ya era demasiado tarde, Napoleón había declarado la guerra nuevamente, y Nelson lo necesitaba con urgencia.

Ahora, mientras un plato seguía al otro y los vinos eran servidos bajo la supervisión de Bates, era difícil creer que había una en curso.

Tal como esperaba el Conde, la conversación de las damas casi siempre tenía un doble significado.

Sus ojos y sus labios sensuales expresaban mucho más que las palabras.

—¿Qué haremos mañana?— preguntó Lucille Gratton, que estaba sentada a su derecha y, sin duda, tenía muy claro lo que iban a hacer aquella noche.

—Tengo mucho que enseñarles de mi finca y mucho que conocer yo también— respondió el Conde—. Existía, hace tiempo, un Templete Griego al fondo del jardín y una torre en el bosque, donde según recuerdo, mi madre solía organizar comidas campestres.

—Me lo enseñarás a mí sola— le dijo Lucille en voz baja.

El Conde se preguntó si eso no los pondría demasiado en evidencia.

Por su parte, pensaba visitar las caballerizas con Perry. Esto, desde luego, lo haría antes de que las invitadas bajaran por la mañana.

Terminada la cena, las damas se retiraron del comedor. Antes de salir Lucille le pidió al Conde en un susurro

—No tardes mucho, Querido. Sabes cómo ansío que estés conmigo.

Esto era algo que él deseaba también.

Los caballeros permanecieron en el salón para tomar una última copa y fue entonces cuando Perry le dijo al Conde,

—Tal como me esperaba, eres un excelente anfitrión. ¡Jamás había disfrutado de una cena más exquisita!

—Ni yo— manifestó su acuerdo otro de los invitados.

—Mañana habrá algunas sorpresas para ustedes, pero eso tendrán que agradecérselo a Perry más que a mí— dijo Su Señoría.

Perry sonrió.

—Lo único que puedo decir es, «Denme los ingredientes adecuados y yo les daré un buen guiso».

Tras esto, se retiraron todos entre risas.

El Conde se despidió de sus invitados y entró en la suite principal.

Su ayuda de cámara le ayudó a desvestirse.

El Conde estaba impaciente. Sólo unos pasos lo separaban de la habitación Reina Isabel, contigua a la suya, donde Lucille le aguardaba.

Al verlo aparecer, ella le tendió los brazos y echó la cabeza hacia atrás para ofrecerle sus labios.

El Conde tuvo entonces la sensación de que era como una tigresa que se lanzaba hambrienta sobre su presa.

*

—Es un héroe, sin discusión alguna— comentó la Señora Davison—. Y si el país supiera todo lo que Su Señoría ha hecho, le levantaría una estatua.

El ama de llaves le estaba trasmitiendo a Shenda lo que el ayuda de cámara del Conde le había contado acerca de sus enfrentamientos con los franceses.

Oyendo aquellos relatos, la joven sentíase fascinada. «¡Tengo que ver al Conde!», se decía.

Pero tenía demasiado miedo a que él la despidiera por no querer tener una dama a su servicio.

«Debo ser muy cauta», se repetía, y sólo cuando hubo comprobado que todo el grupo había salido a cabalgar, se atrevió a salir con Rufus.

Aun así, se mantuvo cerca de los arbustos hasta llegar al bosque y sólo entonces le dio permiso al perro para correr.

El bosque situado detrás del castillo no era tan atrayente para ella como el *"Knights Wood"* junto al cual se hallaba la Vicaría.

Sin embargo, tenía suficiente encanto para que ella se perdiera una vez más en sus ensueños...

Transcurridas casi dos horas, se apresuró a regresar al castillo por si alguno de los invitados ya había vuelto del paseo.

Habían tomado el camino que atravesaba el parque. Este sendero pasaba por el bosque y continuaba hasta un lugar más alto donde se encontraba la torre, que hiciera construir Sir Justin Bow, quien, después de edificar su castillo, quería tener un punto desde donde contemplar el mar.

Shenda había estado muchas veces en la torre y pensaba que Sir Justin debía de tener muy buena vista o un potente catalejo, ya que sólo en los días más claros era posible vislumbrar el mar como una línea luminosa en el horizonte.

La torre en sí era excepcional, pero Shenda supuso que a las damas les resultaría muy difícil subir por los escalones de piedra sin ensuciar la orla de sus vestidos.

«Claro que, seguramente, los caballeros estarán dispuestos a ayudarlas», pensó con una sonrisa.

Cuando llegó con Rufus al castillo, entró por la puerta del jardín y subió por una escalera poco utilizada.

Llevaba sólo unos minutos en el cuarto de costura cuando entró la Señora Davison.

—¡Menos mal que la encuentro, Señorita Shenda!—dijo—. Tengo un trabajo para usted.

—¿De qué se trata?— preguntó Shenda.

El ama de llaves le mostró un bolso hecho de raso y adornado con encaje.

—Pertenece a Lady Gratton— explicó— y la tonta de Rosie enganchó el encaje con el borde de un cajón cuando lo estaba guardando.

Shenda cogió el bolso.

—El daño es muy pequeño— señaló—, y yo lo arreglaré para que *my Lady* no se dé cuenta de lo ocurrido.

—Siempre pasa lo mismo con estas chicas— gruñó la Señora Davison, muy molesta—. Todo lo hacen a la carrera, porque quieren bajar cuanto antes para conversar con los lacayos, ¡ese es el problema!

—Un descuido lo tiene cualquiera, así que dígale a Rosie que no se preocupe— excusó Shenda—, déjeme aquí cualquier otra cosa que haya de ser zurcida; no tengo nada que hacer por el momento.

—Pues entonces siga con ese vestido que se está haciendo— le sugirió la Señora Davison—. Yo le di la tela gustosamente y estoy deseando vérselo puesto.

—Ya está terminado— dijo Shenda.

—¡Vaya!, ¿qué le parece? ¡No creo que la vieja Maggie hubiera podido hacer un vestido en menos tiempo!

Shenda sonrió.

—Me lo pondré esta noche para que lo vea. La verdad es que estoy muy orgullosa de cómo ha quedado.

—Pues tengo tela para otro— ofreció la Señora Davison.

—Es usted muy amable— manifestó la joven con gratitud—. Yo le pagaré en cuanto cobre mis primeros honorarios.

—Nada de eso— opuso el ama de llaves—. Además, no son telas mías. Han estado guardadas durante años, ya ni me acuerdo de para qué las compramos.

Miró el reloj y lanzó una exclamación.

—Los invitados de Su Señoría ya estarán al regresar para tomar el té— dijo— y yo todavía no he terminado de revisar los dormitorios. ¡No puedo confiar en las doncellas nuevas!

Cuando la Señora Davison se hubo marchado, Shenda rió divertida. Se daba cuenta de que, tras muchos años de tener sólo tres doncellas a su disposición, el ama de llaves estaba encantada de poder mandar a las jovencitas de la aldea que, muy satisfechas, habían empezado a servir en el castillo.

Cuando la Señora Davison les gritaba, ellas se lo tomaban como parte de aquel trabajo que las distinguía entre los aldeanos.

Shenda inspeccionó el bolso estropeado. Le habían comentado que, la noche anterior, Lady Gratton lucía un precioso vestido de gasa verde para la cena.

La tela eran tan transparente que, en opinión de la Señora Davison, igual hubiera sido que fuese desnuda.

Shenda sospechaba que, al ama de llaves, aquella mujer, por muy bella que fuera, no le parecía digna del Conde, pues éste había adquirido un rango de semidios a los ojos de la fiel sirvienta.

El bolso estaba confeccionado en raso verde, el color del vestido que la Señora Davison había mencionado, y el encaje que lo adornaba, hecho a mano, debía de ser muy caro.

Shenda encontró hilo verde casi del mismo tono y puso manos a la obra.

Al abrir el bolso vio que en éste había algunos objetos y los sacó cuidadosamente: eran un pañuelo bordado con las iniciales de Lady Gratton y dos cajitas, la más pequeña contenía pintura para los labios y la más grande la utilizaba la dama como polvera.

Shenda las miró con interés, pensando que era una manera muy lujosa de llevar los cosméticos, pues una de las cajitas tenía el cierre de diamantes y en la otra se veía la inicial de Lady Gratton, una ele, hecha con zafiros.

Cuando volvió a meter la mano en el bolso para sostenerla y poder zurcir el encaje, Shenda notó que había dentro algo más.

Se trataba de un papelito plegado en varios dobleces y, al desplegarlo, Shenda vio que estaba escrito en francés con letra menuda y firme.

Olvidando que podía ser algo privado, leyó,

Itinerario de la Expedición Secreta, 500 libras.

Por descubrir el paradero de Nelson, 100 libras.

Shenda releyó las breves líneas pensando que debía de estar imaginando lo que veía.

Pero finalmente hubo de admitir que lo que había encontrado por casualidad era el mensaje de un espía francés para Lady Gratton, la mujer que mantenía una íntima relación con el Conde...

Y si alguien conocía la respuesta a aquellas preguntas, debía de ser él.

Shenda leyó la nota otra vez antes de ponerla encima de la mesa, debajo del pañuelo de Lady Gratton, y dedicarse a zurcir el encaje, lo cual no le llevó mucho tiempo.

Cuando hubo terminado, metió dentro del bolso las cajitas y el pañuelo.

Entonces decidió que debía avisar al Conde.

Se dirigió al escritorio, cogió la pluma y copió las palabras escritas en aquel papel. A continuación lo metió en el bolso.

Mientras lo hacía sintió temor porque iba a tener que enfrentarse al Conde, pero se dijo que no podía seguir escondiéndose de él, cuando sabía que uno de sus invitados era un espía al servicio de los franceses.

Lo más difícil iba a ser poder entrevistarse a solas con el Conde, sin que esto resultara extraño a los demás empleados, para la mayoría de los cuales ella era una simple costurera.

Meditó la cuestión durante un buen rato y decidió que la única persona en la cual podía confiar era Bates, a quien conocía desde muchos años atrás. Tanto él como la Señora Davison habían querido mucho a sus padres.

Cuando regresó el ama de llaves, Shenda le entregó el bolso y la buena mujer exclamó admirada,

—¡Estupendo, Señorita Shenda! Nadie podrá ver lo que usted ha hecho desaparecer.

—Me alegra que le parezca bien, Señora Davison.

—Pues a Rosie le parecerá mejor aún. Ya le he advertido que otro error como éste y la mando a casita volando.

—¡Oh, Señora Davison!, no la creo capaz de hacerlo— protestó Shenda—. Bien sabe que su madre y toda la familia están encantados de que Rosie esté aquí con usted, en lugar de tener que irse a trabajar a Londres, donde podría meterse en problemas.

—Sí, la verdad es que yo cuido mucho a mis chicas— se ufanó la Señora Davison.

—¡Pues claro que sí!— decidió elogiarla Shenda—. Mamá siempre decía qué afortunadas eran de poder trabajar con usted.

—Desde luego, hago cuanto puedo por ellas— y la Señora Davison se marchó con el bolso en las manos y una sonrisa de complacencia en los labios.

Shenda miró el reloj de pared y, al ver la hora, se dijo que los invitados ya habrían tomado el té, y seguro que, después, las damas se habrían retirado a sus habitaciones para descansar antes de la cena.

Rápidamente, bajó por la escalera de servicio a la Alacena y allí encontró a Bates, que estaba sacando de la caja fuerte la plata que se necesitaba para la cena.

El mayordomo estaba muy orgulloso de aquellos valiosos objetos y no se los confiaba a nadie.

Cuando vio a Shenda exclamó,

—¡Mire que hermosura! ¡Y no se ha podido lucir en tres años!

—Nadie la hubiera conservado tan bien como usted— alabó Shenda.

Bates sonrió feliz y, como le pareció extraño que ella estuviese allí, le preguntó obsequioso,

—¿Hay algo que pueda hacer por usted, Señorita Shenda?

—Sí —respondió ella—. Es urgente que vea a Su Señoría en privado.

Bates cambió el delantal que tenía puesto por la chaqueta.

—Venga conmigo, Señorita. Creo que Su Señoría se encuentra en el estudio revisando la correspondencia.

La condujo por un pasillo que llevaba desde la alacena al vestíbulo. Allí había cuatro lacayos de guardia, los cuales se enderezaron al ver aparecer a Bates y fijaron la mirada al frente, tal y como se les había enseñado.

Shenda y el mayordomo llegaron frente al estudio y Bates se detuvo un momento y la joven se dio cuenta de que estaba escuchando por si alguien hablaba dentro. Después le hizo una señal a ella para que se apartara un poco y así evitar que alguien pudiera verla, en caso de que el Conde estuviese acompañado.

A continuación abrió la puerta, miró al interior del estudio y dijo,

–Perdón, Señoría... ¿podría recibir a una persona que desea hablar con Su Señoría de algo muy importante?

–Adelante, Bates– autorizó el Conde, levantando la vista del escritorio ante el cual se encontraba sentado–. ¿De quién se trata?

Bates le hizo a Shenda una señal para que entrara. La muchacha lo hizo con calma, alta la cabeza, aunque interiormente turbada porque era la primera vez que iba a ver al Conde.

Casi había llegado junto al escritorio cuando él levantó la cara.

Entonces Shenda lanzó una leve exclamación,

–¡Oh..., es usted!

Sentado frente a ella se encontraba el hombre que había liberado a Rufus de la trampa... y que le había dado a ella su primer beso.

Shenda estaba asombrada, pues le habían dicho una y otra vez que era la primera vez que el Conde iba al castillo.

Por lo tanto, jamás se le había ocurrido pensar que el desconocido del bosque pudiera ser él.

Ahora ambos se estaban mirando sorprendidos y él, que fue el primero en recuperarse, preguntó,

—¿Por qué ha venido?

Se puso de pie mientras hablaba y los dos permanecieron en silencio, mirándose, hasta que Shenda logró decir con voz tan débil que casi era inaudible,

—Yo... tenía que ver a Su Señoría... Se trata de algo muy importante.

—Al parecer no sabía usted quien era yo.

—No... no tenía la menor idea.

—Bien— dijo el Conde— pues ya que desea verme, le sugiero que se siente y me explique porque ha venido al castillo.

Rodeó el escritorio e indicó el sofá situado frente a la chimenea. Al hacerlo observó que Shenda no llevaba sombrero y se la veía igual que cuando se encontraron en el bosque.

Ella se sentó con la mirada baja, cosa que el Conde atribuyó a timidez. Para hacer que se sintiera mejor, dijo,

—Espero que Rufus se haya recuperado ya de su aventura en el bosque.

—Sí..., ya está bien— respondió Shenda—. Pero ahora me doy cuenta de que era una trampa de *my Lord* la que le pedí que tirase al estanque.

—Fue puesta allí por órdenes de mi administrador— explicó el Conde—, pero ya he dado instrucciones para que no se pongan trampas en el *Knights Wood* ni en ningún otro de la zona.

—¡Muchas gracias!— exclamó Shenda—. Eso es muy considerado por su parte. Yo tenía miedo de que Rufus volviese a caer en otra.

—Le aseguro que en ese sentido, ya no corre peligro— dijo el Conde, observando la gratitud reflejada en los bellos ojos de la muchacha.

—Ahora dígame, ¿por qué deseaba ver al Señor del castillo?

Shenda respiró hondo.

Era extraño, pero ahora le resultaba más difícil explicar al conde lo que había descubierto. Se dijo, sin embargo, que cualquier persona que estuviera poniendo en peligro la vida de los soldados ingleses debía ser descubierta y anulada lo antes posible.

Sin hablar, le entregó al Conde la hoja de papel en que había copiado la nota encontrada en el bolsillo de Lady Gratton.

Al coger el papel, el Conde miraba a Shenda pensando que era aún más bonita de lo que recordaba.

Después, al fijar sus ojos en el papel, releyó las breves líneas y preguntó con voz seca,

—¿En dónde encontró esto?

—Lo he copiado del papel que encontré en el bolso de... de una dama.

—¿El bolso de una dama?— preguntó el Conde—. ¿Cómo tuvo usted acceso a él?

—Fue aquí..., en el castillo— contestó Shenda desviando la mirada.

—Pero, ¿cómo? ¿Qué hacía usted aquí?

Hubo una pausa muy marcada antes de que Shenda respondiera con voz insegura,

—Yo... yo soy la nueva costurera, Señoría.

El conde la miró como si no pudiera creer lo que acababa de oir.

—¿Quién la contrató?— preguntó secamente—. ¿Y por qué?

—La anterior costurera murió hace tres años y la Señora Davison no había tomado otra hasta que supo que Su Señoría regresaba.

—Así que usted acaba de llegar aquí...

—Así es, Señoría.

—Y en su calidad de costurera, tuvo acceso al bolso de esa dama... ¿Qué dama?

Shenda tomó aliento antes de contestar:

—Lady Gratton.

El Conde apretó los labios y después exclamó,

—¡No lo puedo creer! ¿Cómo va a ser posible que...? Shenda se dio cuenta de que hablaba más para sí mismo que con ella.

—Me pareció que mi deber era traérselo a Su Señoría— dijo, un poco a la defensiva.

—¿Usted entiende el francés?

—Sí, Señoría, hablo francés.

—¿Y tiene usted idea de a qué se refiere esto?

—Sí.

—¿Cómo?

Hubo una breve pausa antes de que Shenda respondiera:

—He oído hablar acerca de la expedición secreta.

El Conde la miró estupefacto.

—¿Ha oído hablar de la expedición? ¿Quién puede haberle contado... ?

El asombro del Conde hizo que Shenda sonriera aún a su pesar.

—El hijo del médico es uno de los oficiales que forman parte de esa expedición, Señoría.

El Conde se llevó una mano a la frente.

—¡Debo de estar soñando! ¡Se supone que es un gran secreto!

—Lo sé— dijo Shenda—. Pero cuando el Teniente Doughty vino a su casa con permiso, le contó a su padre para lo que había sido escogido... y el doctor se lo dijo a mi padre.

—¿Quiere decir que toda la aldea anda comentando lo de la expedición?

—¡Oh, no, Señoría! Guy Doughty hizo jurar a su padre que guardaría silencio, y mi padre nunca repetía nada que le fuera dicho confidencialmente.

—Supongo que debo sentirme tranquilo al respecto— dijo el Conde irónicamente—. ¿Por casualidad conoce la respuesta a la segunda pregunta escrita en este papel?

—Tal vez sí, Su Señoría— contestó Shenda.

El Conde la miró en medio del mayor desconcierto.

—Uno de los Marinos que van en el barco del Almirante Nelson— explicó Shenda— está casado con una muchacha de la aldea. Como sabe que han de tener mucho cuidado él la escribe utilizando una clave secreta.

—¿Y le dijo dónde se encuentra?

Los ojos de Shenda brillaron divertidos al ver el asombro del Conde.

—Sí, en su última carta, le decía,

«Siento comezón en la mano izquierda y sé que mañana me acordaré mucho del pastel que tu madre hornea siempre los domingos».

El Conde guardó silencio, esperando a que Shenda le explicara aquello.

—Como ama a su esposa— le aclaró la joven—, allá donde se encuentre mira siempre hacia Inglaterra. Si la mano izquierda le pica, eso quiere decir que su barco viaja hacia el Oeste, y como el pastel que su suegra hornea todos los domingos está hecho con vino de Madeira...

—¡No puedo creer todo esto!— exclamó el Conde y se sentó con la mirada fija en el papel que Shenda le había dado poco antes.

Al fin logró reponerse del asombro y su mente comenzó a funcionar.

Si aquel mensaje estaba en el bolso de Lucille Gratton, era a sus labios y sus ojos suplicantes a los que Lord Barham se había referido.

Los franceses le pagaban a Lucille por la información que ella obtenía de sus amantes, y quien quiera que fuese su enlace francés, debía estar al tanto de la relación que Lady Gratton mantenía con él.

Como acababa de regresar del Mediterráneo y estaba en contacto con el Almirantazgo, era lógico suponer que tenía aquella información.

Sentíase tan furioso por haber sido engañado, que hubiera querido enfrentarse a Lucille y decirle exactamente lo que pensaba de ella.

Sin embargo, pensó, era mucho más importante des-cubrir a los agentes napoleónicos de los cuales recibía órdenes.

Tras unos momentos de silencio le dijo a Shenda,

—Supongo que Lady Gratton ignora que usted encontró esto.

—Así es, Señoría. La doncella que la atiende desgarró accidentalmente el encaje del bolso y la Señora Davison me lo llevó para que yo lo zurciera.

—Entonces, ¿Lady Gratton no la ha visto a usted?

—No, Señoría.

—Pero está usted trabajando aquí en el castillo y supongo que es mi empleada.

—Sí, Señoría.

La joven se preguntaba qué estaría pensando el Conde.

—Shenda— habló él de nuevo—, ¿estaría dispuesta a hacer algo para defender a su país? Debo advertirle que puede ser peligroso.

Ella le miró sorprendida, más enseguida respondió,

—Estoy dispuesta a hacer cualquier cosa por ayudar a derrotar a Napoleón y terminar con esta guerra, Señoría.

—Esa es la respuesta que esperaba— dijo el Conde—. Bien, lo que le pido es que atienda a Lady Gratton mientras ella esté aquí.

Los ojos de Shenda parecieron llenarle todo el rostro, pues no imaginaba que le Conde le pediría algo semejante.

Por un momento tuvo el impulso de negarse, pues era algo que su madre no hubiese aprobado.

Mas de inmediato se preguntó qué era más importante, su condición de dama, que el Conde ignoraba, o pelear, como él lo había hecho, contra un enemigo que actualmente parecía tener las mejores "*cartas de la baraja*" en sus manos.

Haciendo un esfuerzo repuso,

—Haré cualquier cosa que Su Señoría me pida.

—Gracias, Shenda— dijo el Conde—. Voy a ser sincero con usted. La juzgo inteligente y comprenderá cuando le explique que me ha traído hasta aquí algo de suma importancia para el Almirantazgo.

—Ya lo suponía.

—Antes que nada, ¿me promete no repetir ni una sola palabra de lo que hablemos, sea dentro o fuera del castillo?

—Se lo prometo. Únicamente a Bates le he manifestado mi deseo de ver a Su Señoría.

—Perfectamente. Ahora le diré a la Señora Davison que, como deseo complacer a Lady Gratton en todo lo posible y hacer que se sienta a gusto en el castillo, quiero que la atienda usted.

—Tal vez a la Señora Davison le parezca extraño que Su Señoría me haya visto.

—Eso se puede explicar diciéndole que, cuando regresé a Inglaterra, me dirigí primero a mi casa de Londres y la encontré en unas condiciones deplorables. Entonces decidí ver el castillo para comprobar si era tal como lo recordaba. No lo había visto desde hacía catorce años y temía que resultara una ilusión o estuviera en ruinas.

—Es comprensible— dijo Shenda.

—Me levanté antes del amanecer y, con el mejor caballo que pude alquilar, cabalgué hasta aquí sólo para ver el castillo... y vi que era tal como siempre lo había recordado.

Captó la mirada de comprensión que había en los ojos de Shenda y, satisfecho, agregó,

—Yo no pensaba encontrarme con nadie, pues sabía que sería erróneo llegar sin anunciarme. Luego, ya sabe lo que ocurrió. Me encontré en el bosque con cierta persona muy bonita y le presté un servicio.

—Su Señoría fue muy amable— dijo Shenda—. jamás olvidaré que salvó a Rufus, pero yo no tenía la menor idea... no se me ocurrió que aquel caballero pudiera ser el nuevo Conde.

Él sonrió.

—Tampoco yo olvidaré el encuentro. Regresé a Londres sin saber qué pensar. ¿Era usted un ser de carne y hueso o la ninfa de un bosque encantado?

Shenda, ruborizada al oír estas palabras, apartó la mirada.

—Ahora nos volvemos a encontrar— prosiguió el Conde, tratando de hablar con naturalidad—, y si usted necesitó mi ayuda, ahora yo necesito la suya. Ya me habían dicho que los espías de Napoleón están en todas partes, pero casi no puedo creer que estén aquí, en mi propia casa. Sin embargo, no conviene actuar con precipitación. Tenemos que descubrir quién está detrás de la espía, el hombre o la mujer que da las órdenes.

—Me temo que eso será muy difícil— manifestó Shenda.

—Todavía no he perdido jamás una batalla, y con su ayuda, Shenda, ésta también la ganaré— afirmó el Conde y se puso de pie.

Ella hizo lo mismo y ambos se miraron a los ojos.

Lentamente, él le tomó la mano y, por un momento, su mirada se fijó en los labios de la joven. Después le alzó la mano y se la besó.

—Gracias, Shenda— dijo—. Y, por favor, tenga cuidado. ¡Estas personas son peligrosas, *muy peligrosas!*

Capítulo 5

CUANDO dejó al Conde, Shenda corrió en busca de la Señora Davison.

No estaba en su habitación así que la buscó hasta encontrarla en el cuarto de la ropa blanca.

En el momento en que llegó Shenda, un lacayo le estaba diciendo,

–Su Señoría desea verla en el estudio, Señora Davison.

–Voy de inmediato– repuso la mujer dejando a un lado las fundas que ordenaba.

Se dispuso a seguir al lacayo, pero Shenda la cogió de un brazo.

–Escuche– pidió en voz muy baja–, acabo de ver a Su Señoría. Cualquier cosa que él le solicite respecto a mí, acceda, pero no le diga quién soy.

La Señora Davison la miró sorprendida, pero como sabía que el Conde la estaba esperando, se apresuró a seguir al lacayo.

Shenda fue a su habitación y se sentó con las manos sobre los ojos.

¿Cómo hubiese podido prever que iba a suceder aquello, que su posición en el castillo se vería en peligro por culpa de Lady Gratton?

Mas de inmediato se dijo que lo importante era que los espías de Napoleón no obtuvieran la información que deseaban.

*

En el estudio, el Conde decía en aquellos momentos,

—Entre, Señora Davison. Deseo hablar con usted.

La Señora Davison se acercó al escritorio e hizo una reverencia.

—Espero que todo esté a su entera satisfacción, Señoría.

—Ha logrado usted hacer maravillas en tan poco tiempo— respondió el Conde—. Le estoy muy agradecido.

Hubo una breve pausa y después continuó,

—Quiero hablarle acerca de Lady Gratton.

—¿Lady Gratton, Señoría?— sorprendióse la señora Davison.

—Sí, se trata de una dama muy exigente y requiere una doncella muy despierta, ya que la suya está incapacitada por el momento.

La Señora Davison se puso tensa, pues creyó que el Conde se estaba quejando.

Él prosiguió con naturalidad,

—Como Shenda se encuentra en el castillo y es una excelente costurera, quizá ella pueda encargarse de atender a Lady Gratton en estos dos últimos días de su estancia aquí.

El Conde percibió la expresión consternada del ama de llaves.

Ésta abrió los labios como para protestar, pero haciendo un esfuerzo dijo,

—Muy bien, si eso es lo que Su Señoría desea, yo hablaré con Shenda.

—Gracias, Señora Davison— dijo el Conde y, suponiendo que sería un error añadir algo, volvió a coger la pluma.

La Señora Davison, al darse cuenta de que la entrevista había terminado, hizo una reverencia y salió del estudio.

De inmediato fue en busca de Shenda y le preguntó,

—Dígame Señorita ¿de qué se trata todo esto? ¿Y cómo sabe Su Señoría que se encuentra usted en el castillo?

Shenda hizo que la Señora Davison se sentara junto a ella en el sofá.

—La conozco a usted desde que yo era una niña— dijo con voz dulce— y como bien sabe, Mamá siempre la quiso mucho y Papá solía decir que todo funcionaría bien en el castillo siempre y cuando estuviera usted aquí.

La Señora Davison sonrió complacida y Shenda continuó diciendo,

—Ahora le voy a pedir que crea en mí cuando le digo que existe una poderosa razón por la cual debo atender a Lady Gratton. Por favor, no me haga preguntas que no puedo responder.

—No entiendo nada, ésa es la verdad— protestó la Señora Davison.

—Ya me lo imagino, pero seguro que más adelante podré explicarle detalladamente por qué Su Señoría me ha pedido que me ocupe de servir a Lady Gratton.

—Pues si quiere saber mi opinión, yo creo que usted no debe hacer algo así. No entiendo por qué Su Señoría ha tenido semejante ocurrencia, aunque esa dama quiera que le ajusten algunos vestidos.

Shenda captó que ésta había sido la explicación dada por el Conde y dijo,

—Creo que es importante para mí el resultar útil, Señora Davison. Así Su Señoría no pensará que soy demasiado joven para el puesto y no hará que Rufus y yo nos marchemos del castillo.

—Bueno, quizá tenga algo de razón— admitió la Señora Davison, aunque no muy convencida.

Shenda le dio un beso en la mejilla.

—Por favor, asegúrese de que nadie lo comente en las cocinas— pidió—. Estoy segura de que Su Señoría se olvidará de mí en cuanto se marche.

*

Pero el Conde no se había olvidado de Shenda y, mientras se vestía, estuvo pensando en ella y en lo que había descubierto.

Poco después bajó al salón, donde sus invitados y algunos vecinos empezaban a reunirse antes de la cena.

Pensaba el Conde que así como antes admiraba y deseaba a Lucille, ahora sólo le provocaba repulsión.

¿Cómo había podido encontrarla atractiva cuando sus manos estaban manchadas con la sangre de hombres que ella estaba dispuesta a vender por poco más de *«treinta monedas de plata»*.

¡Qué placer le causaría desenmascararla y que la llevaran a la Torre de Londres para interrogarla!

Mas para obtener la información deseada por Lord Barham tenía que representar el papel más difícil de toda su vida.

Una cosa era derrotar al enemigo en el fragor de la batalla y otra, muy diferente, fingir un deseo que no sentía por la mujer a quien ahora consideraba tan peligrosa como una serpiente de cascabel.

Sin embargo, era muy importante que Lucille no sospechara que su pasión se había enfriado porque sospechaba de ella.

Porque si Lucille se daba cuenta de algo, el hombre a quien él buscaba, el agente de Napoleón, podía desaparecer.

Los años transcurridos en la Marina, sobre todo cuando era Capitán de su propio barco, le habían enseñado a tener un perfecto control de sí mismo.

Al igual que nunca había demostrado tener miedo ante la adversidad, ahora por el bien de Inglaterra, debía impedir que Lucille descubriera cuáles eran sus verdaderos sentimientos hacia ella.

Ahora, cuando ella lo miró con fuego en los ojos y le dijo palabras que antes hubieran encendido su pasión, sintió que la odiaba de un modo casi insoportable.

Y luego, mientras ella intentaba acapararlo a la hora de la cena o, posteriormente, dejaba que él pagara sus deudas de juego, el Conde seguía recordando ciertos ojos grises, tan claros e inocentes como los de un niño. Súbitamente le asaltó también el recuerdo de los labios tersos y suaves de Shenda cuando la besó.

En realidad, se dijo, no debía permitir que algo tan bello y perfecto entrara en contacto con Lucille.

Estaba seguro de que Shenda se escandalizaría si conociese la manera tan voluptuosa en que ellos hacían el amor.

No podía permitir que la joven sospechara la depravación que había en aquella mujer a quien socialmente se consideraba una dama.

Pero, inevitablemente, por la cama revuelta y, por inocente que fuera, se haría una idea de lo que había ocurrido allí durante la noche.

Fue entonces cuando decidió que tenía que proteger a Shenda lo más posible. Por ello, aprovechando un aparte con Lucille, le dijo,

–Esta noche serás tú quien venga a mí.

–¿A tu habitación?– preguntó ella sorprendida.

–Te lo explicaré más tarde– respondió él–, pero haz lo que te pido.

En aquel momento que se retiraba un invitado los interrumpió y ya no pudieron hablar más.

Cuando poco después entró Lucille en su dormitorio con un camisón transparente y envuelta en un perfume francés, el Conde pensó que por lo menos Shenda, no vería las muestras de las desenfrenadas pasiones de Lady Gratton.

*

Mucho más tarde, cuando estaban tendidos uno al lado del otro y Lucille se sentía satisfecha por el momento, ella le preguntó,

—¿No extrañas el mar, mi maravilloso Durwin?

—Sí, por supuesto— respondió el Conde—, es difícil comenzar una nueva vida cuando se es tan mayor como yo.

Lucille rió divertida.

—Yo no conozco a ningún hombre más joven que pueda ser tan ardiente ni tan irresistible como tú. Pero incluso cuando me haces el amor, me pregunto si no preferirías estar navegando sobre las olas en alguna misión secreta.

En lugar de contestar, él bostezó.

—Tengo mucho sueño— dijo—. Ahora sólo puedo pensar en que no tendré que levantarme a una hora intempestiva para cubrir una guardia.

Lucille permaneció en silencio, pero él adivinó que estaba buscando la manera de abordar el tema una vez más.

Pasados unos momentos, ella preguntó,

—Dime..., ¿qué piensas del Almirante Nelson. ¿De veras es tan fascinante como dicen?

Esperó una respuesta, pensando que quizá pudiera preguntar a continuación, como por casualidad, si el Almirante se encontraba a la sazón con Lady Hamilton.

Sorprendida por su silencio, se volvió a mirarlo. El conde estaba profundamente dormido.

*

Shenda descubrió que era más fácil de lo que imaginaba servir de doncella a Lady Gratton.

Cuando comenzó por ayudarle a vestirse para la cena, la dama le preguntó,

—¿Dónde está la chica que me atendía?... Creo que se llama Rosie.

—Así es, Señora, pero Rosie se encuentra un poco indispuesta esta noche y el ama de llaves me pidió que ocupara su puesto.

Lady Gratton dijo con petulancia,

—Bien, espero que sepa usted lo que ha de hacer. No me gusta tener que explicar las cosas dos veces.

—Confío en que la Señora no tenga queja de mí... y como soy la costurera del castillo, si hay algo que la Señora desea que le arregle se lo puedo hacer.

—Pues sí, la enagua que quiero llevar esta noche me está un poco larga, así que había pensado sujetarla con alfileres, pero si trae usted hilo y aguja, me la puede coser ya puesta... ¡Ah! y no olvide que tendrá que soltarla otra vez cuando me desvista luego.

—No lo olvidaré, Señora, y mañana se la arreglaré para que le quede bien del todo.

—Es una buena idea. Y ahora que recuerdo..., tengo también otro vestido que necesita un pequeño ajuste.

Lady Gratton acabó por sacar varios vestidos antes de bajar a cenar y Shenda se los llevó a su habitación.

Como tendría que esperar hasta que la dama regresara para descoserle la enagua, se entretuvo leyendo uno de los libros que había tomado de la biblioteca.

Era ya más de la una de la madrugada cuando Lady Gratton subió a acostarse.

Parecía tener mucha prisa en desvestirse y luego, ya envuelta en un camisón, que a Shenda le pareció el más provocativo que había visto, dijo,

—Eso es todo. Despiérteme mañana a las diez, no antes.

—Muy bien, Señora.

—Y no olvide la ropa que se llevó para arreglar.

—Por supuesto que no, Señora.

Mientras iba a su habitación, Shenda cayó en la cuenta de que, aunque parecía impaciente por acostarse, Lady Gratton no se había metido en la cama. Bueno, sus razones tendría...

Se desnudó a su vez y, como estaba muy cansada, se quedó dormida tan pronto como su cabeza tocó la almohada.

*

Al día siguiente, Shenda ayudó a Lady Gratton a vestirse y la peinó de modo tan favorecedor, que la dama quedó encantada.

Además, ya le había arreglado dos de los vestidos a su entera satisfacción.

Más tarde, cuando se ataviaba para el almuerzo, Lady Gratton dijo,

—Mañana regreso a Londres y pienso pedirle a Su Señoría que le permita a usted acompañarme para que me atienda hasta que mi propia doncella se recupere. Allí tengo muchos vestidos que me gustaría que me arregle y modifique.

Shenda contuvo la respiración.

Estuvo a punto de decir que aquello era imposible, pero de inmediato pensó que tenía que pedirle permiso al Conde antes de negarse.

Con voz insegura, repuso,

—Si me dan permiso para acompañarla, Señora, me temo que tendré que llevar a mi perrito. Es muy bueno, pero siempre está junto a mí y se moriría de tristeza si lo dejara solo.

—¿Un perro?— exclamó Lady Gratton como si se tratara de un animal extraño del cual nunca hubiera oído hablar. Bueno, si promete que no molestará ni entrará en la casa, supongo que habré de soportarlo.

—Muchas gracias, Señora.

Tan pronto como la dama bajó a cenar, Shenda le escribió una nota muy breve al Conde. Le decía únicamente,

Es urgente que vea a Su Señoría. Shenda.

Bajó al área del servicio y se la entregó a Bates, pues sería un error que alguno de los criados la viera en lo que llamaban «*la parte noble de la casa*».

Tal como ella esperaba, el mayordomo no le hizo preguntas.

—Se lo entregaré a Su Señoría cuando nadie nos vea, Señorita— prometió.

Shenda le sonrió y de inmediato volvió apresuradamente a la seguridad de su habitación.

Tenía la sensación de estar andando sobre una cuerda floja. En cualquier momento podía caer a un oscuro precipicio del cual no había salida.

Debía haber supuesto, se dijo más tarde, que el Conde respondería a su nota de una manera original. Bates subió a su habitación llevando un libro acerca de la historia del castillo.

—*My Lord* dice que, en su opinión, éste es el libro que usted necesita. Espera que en él encuentre los datos acerca de la aldea que está buscando.

—¡Gracias!— repuso ella—. Su Señoría es muy amable al proporcionarme un libro tan interesante.

Una vez que Bates se hubo marchado, abrió el volumen y, tal como imaginaba, dentro encontró una nota con este mensaje,

En el Templete Griego, a las seis.

Rápidamente, calculó que apenas tendría tiempo para entrevistarse con el Conde y regresar con hora para arreglar a Lady Grattton antes de la cena.

A las seis menos cuarto salió del castillo acompañada por Rufus.

Más allá de la cascada se hallaba el Templete Griego llevado a Inglaterra por un antepasado del Conde, a finales del siglo anterior.

Era un bello edificio, con columnas jónicas por delante y un recinto circular donde se veía una estatua de Afrodita con una paloma sobre el hombro y otra en la mano.

Cuando Shenda llegó allí, el Conde ya la estaba esperando.

Al verla aparecer, él pensó que la joven bien podía ser la misma Afrodita que surgía nuevamente del mar para deleite de los humanos.

Cuando no estaba de Servicio, Shenda se quitaba el uniforme de doncella, y ahora llevaba un vestido nuevo, confeccionado por ella misma con la tela que la Señora Davison le había regalado.

Se lo había hecho siguiendo la última moda, que lucían todas las damas visitantes del castillo.

La luz del sol poniente hacía resaltar el oro de sus cabellos, y al Conde le pareció que se acercaba envuelta en un halo de mágico resplandor.

Él, a su vez, estaba tan apuesto y elegante junto a las columnas blancas, que por un momento a ella se la olvidó hacer una reverencia, y sólo se miraron a los ojos el uno al otro.

Al fin, haciendo un esfuerzo, el Conde preguntó,

—¿Deseaba verme?

—Tenía que preguntarle a Su Señoría qué debo hacer— respondió Shenda—, ya que la Señora me ha podido que me vaya con ella a Londres y la atienda hasta que su doncella se recupere.

El Conde frunció el entrecejo.

—Lucille no me ha dicho nada.

—Creo que piensa hacerlo esta noche. El Conde miró hacia el castillo.

Le desagradaba la idea de que una muchacha tan joven e indefensa se relacionara con una mujer como Lucille Gratton.

Sin embargo, ¿qué otra cosa podía hacer?

—¿No ha averiguado nada más?— preguntó a la joven.

—Nada, Su Señoría.

El Conde suspiró.

—Entonces me temo que una vez más debo pedirle que me ayude, Shenda.

—¿Quiere que... que vaya a Londres?

—En realidad no lo deseo, pero me temo que es el único medio de que disponemos para averiguar quién está detrás de esa conducta despreciable adoptada por una dama inglesa.

—¿Supone Su Señoría que, quien quiera que sea, será tan indiscreto como para ir a la Casa de Lady Gratton?

—No lo sé— repuso el Conde—. Lo único que podemos hacer es rezar para que, por un golpe de suerte, encontremos alguna pista que nos ayude a descubrir quién es ese agente de Napoleón, que sin lugar a dudas actúa bajo la guía de Fouché, el personaje más astuto y peligroso de Francia en la actualidad.

—¿Se refiere Señoría al Ministro de Policía?

—¿Lo conoce usted?

—Sólo por referencias, naturalmente. Mi padre me habló acerca de ese hombre y de la manera en que obliga a muchos inmigrantes a trabajar para él, so pena de ejecutar a sus familiares que aún viven en Francia.

El Conde parecía sorprendido por los conocimientos de Shenda, más no lo manifestó verbalmente. Dijo en cambio,

—Bien, creo que debe usted acompañar a Lady Gratton a Londres, pero permanecer allí lo menos posible. Si ella trata de retenerla, diga que se la necesita en el castillo y ha de regresar tal como se acordó.

—Entiendo— contestó Shenda con voz temblorosa.

—Pero si cree usted que está en peligro— añadió el Conde—, si cree que alguien sospecha de a qué ha ido allí o encuentra que la situación es insoportable, recuerde que mi casa de Berkeley Square está muy cerca de la de Lady Gratton.

Al Conde le pareció ver una expresión de alivio en los muy elocuentes ojos de Shenda.

—Vaya allí de inmediato— agregó— y si yo no estoy, dígale a mi secretario, el Señor Masters, que me localice. Lo mantendré informado en todo momento de mi paradero.

—Comprendo— murmuró Shenda—, pero estoy un poco... asustada.

El Conde dio un paso hacia ella.

—¿Está segura de que puede hacerlo?— preguntó él—. Si tiene mucho miedo sepa que yo lo entenderé y podrá usted continuar aquí en el castillo.

Le gustó la manera en que ella levantó la cabeza como para reafirmar su propio orgullo.

—Si con ello puedo salvar aunque sólo sea la vida de un compatriota, debo hacerlo.

—Gracias— dijo el Conde y otra vez sus ojos se fijaron en los labios de Shenda.

Ella sintió que el rubor le cubría la cara.

—Yo... debo regresar— dijo—. La Señora me encargó que la despertase a las seis y media.

Y, sin esperar una respuesta del Conde, se alejó corriendo.

Mientras la veía marcharse, él sintió un vivo deseo de ir tras ella y tomarla en sus brazos.

Era demasiado bella para verse expuesta a tanto peligro y a la degradación de los espías, sobre todo si se trataba de mujeres que se servían de su belleza para obtener la información requerida por Bonaparte.

No obstante, se dijo, Inglaterra era lo primero, y la expedición secreta tenía que llegar a su destino, costara lo que costase.

Si Shenda no lo hubiera prevenido, él mismo, sin querer, podía haber dicho algo que pusiera en peligro los planes de Inglaterra en la lucha contra Napoleón.

Parecía increíble que, en la pequeña aldea de Arrowhead, dos personas conocieran lo referente a la expedición secreta y que Nelson iba camino de Jamaica.

Lo primero que debía hacer al llegar a Londres al día siguiente, pensó, era informar a Lord Barham de todo lo que había descubierto.

*

Vestida con el uniforme de doncella, Shenda despertó a Lady Gratton exactamente a las seis y media.

Al abrir los ojos, la dama preguntó,

—¿Ya es hora de levantarse? Estaba soñando.

—¿Y qué soñaba Señora?— preguntó Shenda sonriendo amable.

—Que tenía suficiente dinero como para comprarme un abrigo precioso que vi la semana pasada en la Calle Bond. ¡Era un auténtico sueño! ¡Armiño forrado con seda del color de mis ojos!

—Entonces debe de ser muy apropiado para la Señora.

—Por eso, aunque cuesta quinientas libras, estoy decidida a que sea mío— manifestó Lady Gratton.

Shenda contuvo la respiración.

¿Cómo era posible que aquella mujer estuviera dispuesta, sin el menor escrúpulo, a sacrificar la vida de tantos hombres, sólo por conseguir una piel con que realzar su belleza?

«¡Es mala, perversa!», pensó. ¿Cómo era posible que el Conde pudiera estar apasionado por alguien tan despreciable.

Él, que era tan apuesto fuerte y valiente como debía serlo un caballero y que, además, tenía un conocimiento tan profundo del corazón humano...

No obstante, su percepción había fallado al encontrarse con aquella mujer bellísima, pero que, por dentro, era tan siniestra como el propio Fouché.

Quizá a Lady Gratton le interesara el Conde realmente, pero estaba dispuesta a entregar en manos del enemigo a sus compatriotas, sólo por lucir un abrigo de armiño.

«¡La odio, *la odio!*», se repetía Shenda mientras la ayudaba a ponerse un vestido de gasa que debía de haber costado una suma astronómica.

«¿Cuántos habrán muerto para que ella pueda tener esto?», se preguntaba.

Cuando terminó de peinar a Lady Gratton, le puso un collar de brillantes alrededor del cuello. La dama, mirándose en el espejo, exclamó,

—¡Esta noche todas querrán sacarme los ojos! ¿Cómo podría fijarse en ellas Su Señoría cuando pueda mirarme a mí?

Al oír estas palabras que Lucille Gratton parecía decir para sí misma, Shenda sintió un dolor en el pecho. Aquella mujer era una criminal, pero, sin lugar a dudas, también una auténtica belleza.

Se imaginó al Conde besándola y recordó las sensaciones que sus labios podían despertar...

Fue en aquel instante cuando se dio cuenta de que lo amaba.

*

A la mañana siguiente, todo el castillo se encontraba en medio de una gran agitación, ya que todos, incluso el Conde partirían hacia Londres después de un temprano almuerzo.

En el vestíbulo había una montaña de baúles para cargar en la carreta tirada por seis caballos, donde también viajarían las doncellas y los ayudas de cámara de los visitantes.

La Señora Davison se las arregló para que Shenda no viajara con el resto de la servidumbre, lo haría junto con ella en un cochecito aparte.

El ama de llaves había dado como excusa de su viaje que necesitaba ir a comprar ropa de cama para el castillo y prefería hacerlo ella personalmente, ya que conocía los lugares donde su Señora, la fallecida Condesa, solía hacerlo.

—Gracias— le dijo Shenda—. Sé que hace esto por mí.

—Nada, nada, me agrada mucho la idea del viaje— respondió la Señora Davison—, y si Su Señoría me pregunta algo al respecto, cuando le dé una explicación, estará de acuerdo en que hago lo adecuado.

Shenda pensó que quizá al conde se le hubiera ocurrido algo por el estilo, aunque él la considerase una simple costurera.

Tardaron poco más de dos horas en llegar a Londres.

Lady Gratton había partido más temprano, junto con el Conde, en el nuevo faetón.

Shenda los había visto partir sintiendo un agudo dolor en el pecho.

Lady Gratton iba muy bella con su sombrero alto, coronado con plumas de avestruz.

Cuando estuvo vestida y lista para partir, le dijo a Shenda,

—He disfrutado mucho de mi estancia en el castillo y sé que ésta será la primera de muchas. No se olvide de llevar los vestidos que quiero que me arregle.

—Así lo haré, Señora— repuso Shenda.

—Hay mucho que hacer en Londres. Como comprenderá, debo esforzarme para complacer a un caballero tan exigente como Su Señoría.

Se miró al espejo y agregó,

—¡Él es un hombre tan atractivo..!

Shenda apretó los puños hasta que los nudillos se le pusieron blancos.

¿Estaría él únicamente representando un papel... o estaría enamorado de Lady Gratton?

Al momento, se avergonzó de sí misma por dudar de la lealtad del Conde hacia Inglaterra.

Sin embargo, cuando los vio alejarse pensó que ninguna otra pareja podría ir tan acorde, en lo que a apariencia se refería, como la que ellos formaban.

Perry los seguía en otro faetón y los demás caballeros se habían acomodado en varios carruajes, algunos propios y otros pertenecientes al castillo.

*

Mientras se alejaban, el Conde no iba pensando en sus invitados ni en Lucille, sentada junto a él.

Tenía la mente ocupada con lo que le iba a comunicar a Lord Barham, entre otras cosas, que la noche anterior había empezado a sospechar del joven Baronet que trabajaba en el Almirantazgo.

Como el Baronet era amigo de Perry, al Conde no le había llamado mucho la atención al ver que trabajaba allí, pero luego recordó el comentario de

Lord Barham respecto a que, aunque pareciera increíble, había una *«fuga de información»* en el propio Almirantazgo.

La noche anterior el Conde había buscado la oportunidad de conversar a solas con Sir David Jackson.

—¿Qué tal le va trabajando con Lord Barham?— le preguntó—. Yo siempre lo he admirado mucho.

—La verdad, casi no lo he visto desde que tomó posesión del cargo— respondió Sir David.

—Entonces, ¿usted no trabaja directamente con él?

—No. Trabajo con el Segundo Secretario— respondió sir David—, quien, aunque parezca extraño, es francés.

Esto le llamó mucho la atención al Conde, aunque procuró no demostrarlo.

—¿Francés?— repitió con falsa indiferencia.

—Sí, mas no tiene que preocuparse por él— se apresuró a decir Sir David—. Jacques de Beauvais es hijo de un inmigrante que fue uno de los embajadores más distinguidos y aristocráticos de Luis XV. Llegó a Inglaterra poco después de iniciarse la revolución francesa y se educó en Eton.

El Conde sonrió.

—Entonces parece que sí es de fiar.

—Beauvais odia profundamente a Napoleón, ya que su abuela fue guillotinada y el castillo familiar saqueado e incendiado posteriormente.

—No parece que tenga motivos para querer a los revolucionarios— comentó el Conde.

—Y no los quiere— afirmó sir David—. Brinda por la caída de Napoleón en cada comida y nos invita a beber a todos cuando llegan noticias de que algún barco francés fue hundido por los ingleses.

Sir David miró al Conde con admiración cuando dijo,

—Celebramos con una alegre fiesta la noticia de que Su Señoría había hundido en Tolon dos de los mejores barcos del enemigo.

—Tuve mucha suerte— repuso el Conde—. El viento cambió en el momento preciso. De no haber sido así, quizá no estuviese yo aquí.

—Yo estoy deseando volver a mi Regimiento— manifestó Sir David—. Tengo la pierna mucho mejor, pero los médicos no me dejarán partir hasta dentro de seis meses por lo menos.

—Estoy seguro de que, mientras tanto, está usted llevando a cabo un buen trabajo— dijo el Conde, pensando al mismo tiempo que le gustaría conocer un poco más acerca del Conde Jacques de Beauvais.

Quizá fuera tan enemigo de Napoleón como afirmaba sir David, sin embargo, no se podía estar seguro y, después de descubrir la traición de Lucille, ya no confiaba casi en nadie.

Ahora, camino de Londres, el Conde se dijo que no debía obsesionarse con la búsqueda de espías hasta el punto de no poder pensar con claridad, y siguió conduciendo sus caballos a un buen paso.

A pesar de que Lucille Gratton charlaba sin cesar y se había sentado innecesariamente cerca de él, los pensamientos del Conde se volvieron hacia Shenda.

¿No estaría cometiendo un gran error al permitirle ir a Londres?

Capítulo 6

EL CARRUAJE dejó a la Señora Davison a las puertas de Arrow House, en Berkeley Square.

A Shenda la casa le pareció impresionante, vista a la luz de los faroles sobre base de bronce que había ante la fachada.

Hubiera querido ver el interior, pero una vez que bajó, la Señora Davison le dijo al cochero que la llevara a Gratton House.

Ésta se encontraba en una calle que daba a Berkeley Square y era una residencia pequeña, construida entre dos mucho más grandes.

Estaba amueblada de manera confortable. En el piso bajo había un comedor amplio y una salita de estar.

En la primera planta había un gran salón y encima se encontraba el dormitorio de Lady Gratton, que daba a la parte posterior de la casa y por esto era muy tranquilo.

Shenda supuso que ella tendría que dormir en el ático. Resultó un alivio ver que había tres habitaciones ocupadas por dos sirvientas y la doncella que aún permanecía en cama con la pierna fracturada.

La informaron de que, por el momento, debería ocupar un pequeño dormitorio que había frente al de Lady Gratton. Éste se comunicaba con un vestidor que era utilizado por Sir Henry cuando estaba en casa.

La habitación de Shenda era bastante pequeña y una de las paredes se encontraba completamente cubierta por un enorme ropero que contenía la ropa de la dueña de la casa.

Cuando la joven entró allí, la cama, situada en un rincón, estaba cubierta por un montón de sombreros.

Una de las sirvientas la ayudó a meterlos en cajas que colocaron sobre el armario, pero, aún así, apenas quedaba espacio para que Shenda pudiera moverse.

Sin embargo, al menos era una habitación para ella sola.

Lady Gratton llegó cuando la joven ya se encontraba abriendo el equipaje y colgando los vestidos en el ropero.

Estaba muy bella, pero cuando se acercó a Shenda, éste hubo de reprimir un estremecimiento de repulsión.

–Tan pronto como termine de deshacer el equipaje– ordenó la dama–, le mostraré los vestidos que ha de arreglar; quiero que estén listos lo antes posible.

Shenda sintió deseos de decirle que le iba a ser muy difícil trabajar en un lugar tan reducido, calló, sin embargo, porque estar tan cerca del dormitorio de Lady Gratton le iba a ser muy útil para averiguar lo que pretendía. Por lo tanto, terminó de sacar las cosas del baúl, que fue retirado por un lacayo, y se fue a su habitación a esperar las órdenes de Lady Gratton.

Al ver el cúmulo de ropa que había que modificar, decidió comunicar a las sirvientas que ella iba a cenar en su habitación. Así tendría más tiempo para trabajar. Pudo observar que allí los criados no eran de categoría como en el castillo ni manifestaban ningún aprecio por su Señora.

Tal como esperaba, la cena que le subieron estaba fría y era poco apetitosa.

La tomó, no obstante, sin hacer remilgos, porque lo importante era ayudar al Conde, lo demás resultaba secundario.

Cuando Lady Gratton subió para acostarse, Shenda se esforzó en mostrarse agradable mientras la ayudaba a desvestirse.

La dama había cenado con dos caballeros mayores, parientes suyos que acababan de regresar a Londres.

A Shenda no le parecieron personas de ninguna relevancia.

Cuando terminó de ayudar a Lady Gratton sentíase muy casada. Había sido un día muy largo.

Además, como se hallaba nerviosa por lo que estaba haciendo, le parecía como si las paredes de la casa se le vinieran encima. Eran igual que los barrotes de una prisión, de la cual le sería muy difícil escapar.

Mas se dijo que estaba exagerando y se sintió mejor cuando cogió a Rufus en brazos, al momento, el animal le demostró cuánto la quería.

Lo había sacado a pasear por la calle mientras Lady Gratton cenaba.

Tuvo el impulso de llegar a Berkeley Square para contemplar Arrow House, pero temió que si el Conde la veía por casualidad, pensara que lo estaba vigilando o descuidando sus deberes.

Acarició a Rufus y le dijo en voz baja,

—Espero que no estemos aquí mucho tiempo. Sé que tú quieres regresar al castillo y yo también.

Recordó lo guapo que estaba el Conde el día anterior, cuando se encontraron en el Templete Griego.

No le era difícil imaginárselo como un dios, quizá Apolo, dando la luz a todos los que la deseaban.

De pronto recordó que la había besado y suspiró pensando que jamás volvería a suceder.

«Si fuera sensata, debería alejarme del castillo y la aldea e irme a otra parte», pensó.

Pero era consciente de que sólo podría ir a casa de su tío, por lo tanto, permanecería en el puesto de costurera hasta que le resultara imposible seguir en él.

Lady Gratton, una vez que tuvo puesto uno de sus camisones transparentes, ordenó a Shenda,

—Tráigame mi bata más gruesa. Está colgada en el armario. Es de raso azul y encaje.

Shenda lo hizo y cuando Lady Gratton se puso la bata, pudo ver que se trataba de una prenda realmente preciosa. ¿Para qué querría ponérsela, ahora que nadie la veía?

Lady Gratton interrumpió sus pensamientos al decirle,

—Ya puede irse a la cama. No la necesitaré más esta noche. Despiérteme a las diez como de costumbre. ¡Ah! y espero que mañana comience a trabajar en los vestidos que le he señalado. Así me los podré probar más tarde.

—Lo haré, Señora— respondió Shenda y miró alrededor para asegurarse de que la habitación quedaba arreglada.

Después salió y cerró la puerta.

Rufus la estaba esperando en su pequeño dormitorio y, al verla, saltó de alegría.

Ella lo puso encima de la cama mientras se desvestía y se envolvía en un bonito camisón que su madre le había confeccionado.

Encima se puso una bata de lana muy fina sin más adornos que unos botones de perlas y un aplique alrededor del cuello.

Apenas se había sentado sobre la cama y colocado bien la vela para leer un rato, cuando oyó que se abría la puerta de la habitación de Lady Gratton.

Se preguntó si la dama iría a pedirle algo, más percibió que pasaba por delante de su puerta y seguía de largo, hacia la escalera...

—¿A dónde irá?— se preguntó.

Le pareció extraño que Lady Gratton, quien nunca hacía nada por sí sola, no la hubiera llamado.

Suspirando, se dijo que debía sentirse contenta de estar libre por el momento y no tener que recibir órdenes de una mujer a la cual odiaba.

Sabía que sus padres se habrían escandalizado ante la idea de que ella se relacionara con alguien tan despreciable... Pero seguramente comprenderían que era para ayudar a derrotar a Napoleón, quien a la sazón tenía a casi toda Europa bajo su dominio.

«¡Por favor, Dios mío, haz que ganemos!», rogó.

En aquel momento oyó que un carruaje se detenía frente a la casa. Le pareció extraño por lo avanzado de la hora, así que fue hasta la ventana y, con mucho cuidado, apartó un poco la cortina.

Pudo ver el techo de un carruaje, con un cochero en el pescante y un lacayo que abría la portezuela.

Después vio a un hombre que bajaba y pensó que quizá se tratara de Sir Henry Gratton que volvía de improviso.

Pero Lady Gratton acababa de bajar, así que debía de estar esperando al recién llegado...

Shenda se apartó de la ventana y apagó la vela. A continuación se puso las zapatillas y, con mucho sigilo, hizo girar el pomo de la puerta.

El corazón le latía fuertemente porque tenía mucho miedo.

Se asomó al pasillo y vio que la puerta de Lady Gratton estaba abierta, lo que significaba que ella no había regresado aún.

Sin hacer el menor ruido fue hacia la escalera, arrimándose a la pared para no ser vista.

Mientras lo hacía oyó que llamaban a la puerta principal, débilmente, como para que no lo oyese el lacayo que dormía en el sótano.

Al momento, Shenda oyó que Lady Gratton salía del salón del primer piso y bajaba al inferior.

Se percibió después del ruido de una llave, unos pasos y la puerta que se cerraba de nuevo.

Desde la barandilla de la escalera, Shenda oyó decir a Lady Gratton en voz muy baja,

—Creí que te habías olvidado de mí.

—Debes perdonarme, Querida— respondió un hombre—. Hubo una crisis inesperada en el Almirantazgo y no me ha sido posible salir hasta ahora.

—Pero ya estás aquí y eso es lo que importa— dijo ella—. Ven conmigo al salón.

Shenda oyó que subían la escalera, entraban en la estancia mencionada... y cerraban la puerta.

La joven reprimió una exclamación de disgusto. ¡Debía escuchar lo que hablaban!

El hombre hablaba correctamente el inglés, pero ella había captado un leve acento francés en su voz. ¡Seguro que aquél era el hombre a quien el Conde estaba tratando de identificar!

Moviéndose con mucho cuidado, llegó hasta la puerta del salón y allí puso oído sin atreverse casi a respirar.

Las puertas no eran muy gruesas, así que le llegó con claridad la risa de Lady Gratton y después su voz,

—Sí, resultó una fiesta muy agradable. Como ya te lo dije, ¡el Conde está completamente loco por mí!

—Procura que siga así— dijo el hombre con voz grave.

—Sírvete una copa de champán— le ofreció Lady Gratton—, y seguiremos hablando.

—Antes déjame decirte lo muy deseable que te veo. ¡Te he añorado mucho, *ma petite!*

Hubo un silencio durante el cual, si bien Shenda no tenía la menor idea de ello, el visitante besó apasionadamente a la mujer.

Luego dijo con voz que sonó más grave aún,

—Necesito una copa. ¡Dios mío!, dicen que los franceses hablan mucho, pero también lo hacen los Almirantes y los políticos. ¡No hay modo de hacerlos callar!

Lady Gratton se echó a reír.

Shenda supuso que el visitante había atravesado el salón hasta donde se encontraba la mesa de las bebidas, pues se oyó ruido de copas y los pasos de él cuando regresó junto a la mujer.

—¡Un brindis, *ma cherie,* por tus bellos ojos, tus labios irresistibles y tu sensual y deseable cuerpo!

Lady Gratton volvió a reír.

—¡Tú, tan poético como de costumbre, Jacques!

—¿Cómo podría no serlo contigo?

Hubo una breve pausa y Shenda supuso que estaban bebiendo el champán.

Después, con tono impaciente el hombre al que lady Gratton había llamado Jacques preguntó,

—¿Qué noticias me traes? Habla en francés, es más seguro.

Lady Grattón rió una vez más.

—Aquí estás a salvo. Además, siempre te burlas de mi acento.

—Sólo porque me encanta tu francés balbuceante.., igual que me gusta todo lo demás en ti– respondió él–. Y bien, dime, ¿qué has averiguado?

Hubo una pausa antes de que Lady Gratton, expresándose en un pésimo francés, dijera,

—El Conde no está seguro, pero deduzco que, en su opinión, la expedición secreta se dirige a las Antillas Menores.

Jacques lanzó una exclamación de contento.

—¡Eso es exactamente lo que cree Bonaparte! Se sentirá encantado al saber que, como siempre, sus suposiciones son acertadas.

Respiró hondo antes de proseguir diciendo,

—Hace dos días, uno de mis amigos me informó de que Napoleón planeaba darles un susto a los ingleses para obligarlos a dispersar sus escasas fuerzas militares. ¡Ahora sabrá que ya lo ha logrado!

A Shenda le pareció que Jacques hablaba más consigo mismo que con la mujer que lo acompañaba.

La voz de Lady Gratton sonó de nuevo suavemente.

—Me alegra que estés satisfecho, Jacques.

—¡Estoy encantado!– exclamó él.

—¿Y yo... recibiré mi recompensa?– la codicia latía en la voz femenina.

—Por supuesto– respondió Jacques–, y como sé que nunca me has fallado, he traído lo que te prometí.

—¿Quinientas libras?– preguntó ella, muy emocionada.

—Aquí están.

Hubo un leve ruido, como si Jacques sacara algo de su bolsillo.

—¡Ah, qué bien!— exclamó Lady Gratton—. ¿Justo lo que necesitaba para comprarme algo muy especial! Gracias, eres un buen amigo.

Ella hablaba en inglés, pero Jacques lo hizo en francés al preguntar:

—¿Y qué me dices de Nelson?

Una vez más se produjo una pausa antes de que Lady Gratton respondiera,

—Lo siento, pero no pude sacarle nada en concreto a Su Señoría respecto al Almirante. Francamente, creo que no lo sabe.

—¿No temes que él pueda sospechar por qué le haces esas preguntas?— ahora la voz del francés sonaba tensa, casi amenazadora.

—¡No, no, por supuesto que no!— replicó Lady Gratton de inmediato—. ¿Por qué habría de sospechar cuando yo le pregunto acerca de nuestro Marino más famoso?

—Sí, supongo que todos hablan de él...—dijo Jacques como reflexionando.

—¡Claro que lo hacen! Pero a mí, la verdad, todos los héroes me parecen aburridos, sobre todo cuando se ausentan durante tanto tiempo que ni siquiera me puedo acordar de cómo son.

Jacques se echó a reír.

—Sin embargo, debes intentarlo de nuevo— dijo—. Es muy importante para Francia saber dónde se encuentra ese hombre. Ya nos ha causado bastantes problemas al aparecer siempre donde menos se le espera.

—Procuraré averiguarlo, Jacques... Te aseguro que siempre trato de hacer lo que tú quieres.

—Hacia el fin de semana tendré otras preguntas de importancia, y cualquier información que obtengas te será recompensada con generosidad.

—Lo sé..., tú eres muy generoso— dijo lady Gratton con voz mimosa.

De pronto, Shenda oyó un leve sonido junto a ella.

Rufus la había seguido y el ruido que hizo fue como un estornudo.

Antes que la joven pudiese actuar o darse cuenta exacta de lo que ocurría, se abrió la puerta del salón y un hombre se le enfrentó.

—¿Quién es usted? ¿Qué está haciendo aquí?— en la oscuridad, su voz resonó aterradora.

Por un momento, la mente de Shenda se quedó en blanco. Si el hombre sospechaba que lo estaba espiando, podría agredirla físicamente...

Era como si su corazón se hubiera detenido y le fuera imposible respirar.

Pero, inesperadamente, como si su padre la hubiera inspirado, supo lo que debía responder,

—Yo... siento mucho si he molestado, Señor— dijo con voz infantil y entrecortada—. Es que... mi perrito quiere salir y yo... lo llevaba a la calle.

Pareció como si el francés no la creyera, mas entonces intervino Lady Gratton, que también se había asomado a la puerta:

—Déjala ir. Es sólo mi doncella.

Como en un sueño, Shenda hizo una reverencia y siguió bajando la escalera. Sólo había descendido algunos escalones cuando oyó que Jacques, volviendo a entrar en el salón, decía,

—¡Tenemos que eliminarla!

Shenda llegó a la puerta y sólo entonces penetró en su mente el aterrador sentido de lo que aquel hombre acababa de decir,

«¡Tenemos que eliminarla!»

Por un momento no pudo moverse. Después, cuando abrió la puerta y Rufus salió, ella lo siguió como sonámbula.

Los sirvientes que permanecían en el pescante del coche la miraron sorprendidos al verla pasar.

Anduvo despacio, tratando de no ceder ante el pánico que la embargaba.

«¡Tenemos que eliminarla!»

Aquello era lo que cabía esperar de un espía de Napoleón, pensó.

Le pareció que tardaba horas en llegar a Berkeley Square, pero por fin se vio en la aristocrática plaza.

Entonces, cuando ya no podían verla los sirvientes del coche del francés, echó a correr desesperada hacia la casa del Conde, cuyos faroles permanecían encendidos a uno y otro lado de la entrada principal.

De pronto se le ocurrió que podían haberla seguido y que los lacayos del espía sabrían a dónde había ido, pero miró hacia atrás y, a la luz de la luna, pudo ver que no había nadie en la plaza.

Ansiosa, subió la escalera y llamó a la puerta, tratando de no hacer mucho ruido, por temor a que resonara en el silencio de la noche.

Tuvo la sensación de que había transcurrido un siglo cuando al fin le abrieron la puerta.

El lacayo de guardia miró hacia fuera con los ojos aún entornados por el sueño.

Shenda vio que se trataba de un muchacho del castillo al cual conocía desde años atrás y le preguntó casi sin aliento,

—¿Está... está Su Señoría en casa..., James?

Mientras hablaba, Shenda dio unos pasos hacia el interior de la casa.

—¡Ah, es usted, Señorita Shenda!— exclamó sorprendido el lacayo al reconocerla—. Pase. Su Señoría está ahí dentro— y señaló una puerta al otro extremo del vestíbulo—. Voy a decirle que está usted aquí.

Pero Shenda no pudo esperar. Corrió a través del vestíbulo, abrió la puerta, que pertenecía al estudio del Conde, y entró.

Su Señoría se hallaba junto a una ventana que daba a un patio interior y, al oírla entrar, se volvió sorprendido.

Shenda, aterrorizada como estaba y deseosa de hallar amparo, atravesó corriendo la habitación y prácticamente se le echó en los brazos.

—¡He encontrado... al espía!— exclamó—. ¡Y él quiere matarme!

Aturdida por el temor y el esfuerzo, ocultó la cara en el pecho del Conde, que rodeó con los brazos su tembloroso cuerpo.

—Tranquilícese— dijo—. No le hará ningún daño.

—Pero dice... que tiene que eliminarme— dijo Shenda, esforzándose en hacer ver al Conde el peligro en que se encontraba—. Y pudiera ser... ¡que lo mataran a usted también!

Al llegar a este punto no pudo contenerse y se echó a llorar.

El Conde aumentó la presión del abrazo y al hacerlo descubrió que lo que sentía por Shenda era algo que no había sentido hasta entonces por ninguna otra mujer.

Ansiaba protegerla y cuidarla durante toda su vida.

Pero, sobre todo, quería evitar que ella entrara en contacto con algo tan desagradable como la perfidia de Lucille, la crueldad de los esbirros de Napoleón y el gran mundo londinense, donde la pureza y la inocencia no tenían cabida.

Y mientras Shenda continuaba llorando sobre su hombro, él comprendió que estaba completamente enamorado.

*

Lucille Gratton se sirvió otra copa de champán y, al hacerlo, se dio cuenta de que su visitante estaba detenido junto a la puerta con el entrecejo fruncido.

–Deja de preocuparte, Jacques– le aconsejó–. Yo traje a esa chica del campo porque es buena costurera. Es joven, tonta y estoy segura de que también inofensiva.

–Me habías dicho que nadie podía oírnos– le reprochó el hombre.

–¿Cómo iba a suponer que esa estúpida sacaría al perro a pasear a esta hora de la noche?

–¡Esa muchacha es peligrosa!– afirmó Jacques–. Mañana, te enviaré unos comprimidos que debes poner en su comida o en lo que beba.

–¿De verdad quieres matarla?

–Eliminarla sería la expresión adecuada.

–¡Por favor, Jacques– protestó Lucille–, yo no puedo tener la casa llena de cadáveres! Si alguien se entera, de inmediato correrían rumores... Además, esa chica pertenece al castillo.

–¡Hasta las personas que vienen del Castillo de Arrow

pueden morir!– replicó él con ironía–. Además, imagina la escena patética que podrás hacerle al Conde al decirle cuánto sientes que una de sus criadas haya muerto en tu casa.

—¡Vamos!– exclamó con petulancia la mujer–. ¿Cómo voy a preocuparme por la servidumbre cuando estás tú conmigo?

Dejó su copa de champán, se acercó más a Jacques y le echó los brazos al cuello.

—¡Mi querido Jacques, cuando más me gustas es cuando me haces el amor!

Al principio él se resistió, mas esto no duró mucho.

—¿Es eso lo que quieres?– preguntó halagado al fin.

—¿Cómo no voy a querer... tratándose de ti?

Le ofreció los labios y, cuando él la besó, se dio cuenta de que estaba muy excitado.

—Vamos arriba– sugirió con voz melosa–. Esa criada tonta ya habrá regresado.

Jacques llenó una vez más su copa con champán y Lucille Gratton abrió la puerta. Miró abajo al salir y vio que la puerta principal aún estaba abierta.

—No ha regresado– dijo en voz muy baja–. Mejor, eso nos facilita las cosas. Ven...

Jacques iba a seguirla, pero se detuvo un momento para mirar hacia la puerta principal.

—¡Jacques…!

Su nombre fue pronunciado con lenta pasión y deseo por la voz femenina, que se le hizo irresistible.

Rápidamente, subió la escalera y entró con Lucille en el dormitorio.

*

El Conde hizo que Shenda se sentara en un sofá junto a la chimenea y le ofreció una copa.

Ella negó con la cabeza, rechazándola.

—Beba un poco— insistió el Conde—. Le hará bien.

Aunque el brandy estaba diluido, ella sintió su ardor en la garganta y se estremeció, mas pronto notó que la sensación de debilidad desaparecía.

Entonces hizo ademán de secarse las lágrimas con el dorso de la mano y él le dio un pañuelo.

Esto hizo recordar a Shenda el día en que él vendó la pata de Rufus cuando se encontraron en el bosque.

Volvió la cabeza para asegurarse de que Rufus estaba con ella y, al verlo echado a sus pies, suspiró con alivio.

—¡Rufus me ha salvado!— le dijo al Conde.

Éste le pasó un brazo por los hombros.

—Bien, ahora cuénteme desde el principio todo lo que ocurrió.

Ella terminó de secarse las lágrimas y dijo,

—Lo... lo siento.

—No hay nada que sentir; al contrario, ha sido muy valiente, pero ahora debemos ser sensatos y decidir con la máxima cautela lo que vamos a hacer... Dígame qué fue lo que oyó.

Un poco temblorosa, pero muy consciente de la presión del brazo masculino sobre sus hombros, le relató exactamente cuanto había ocurrido desde su llegada a casa de Lady Gratton.

Cuando llegó a la parte en que ésta le había dicho a Jacques lo que sabía acerca de la expedición secreta, hizo una pausa y miró al Conde con ojos llenos de ansiedad.

—Siga— la animó el Conde—. ¿Qué fue lo que dijo esa... mujer?

Con voz vacilante, Shenda repuso,

—Pues dijo que... que usted le había comentado que... la expedición secreta iba a las Antillas Menores.

Mientras hablaba, Shenda había vuelto la cara hacia otro lado, pero ahora miró directamente al Conde y le preguntó,

—¿Es verdad que usted... traicionó ese secreto?

—¿Me considera usted capaz de hacerlo?— replicó él con voz tensa.

—No, no.... pero eso fue lo que Lady Gratton dijo y... ¿cómo puede saberlo si no... ?

—Es que lo que Lady Gratton dice es falso— afirmó el Conde tranquilamente.

—¿Sí? ¿Está Su Señoría seguro?

—Completamente, y ahora puedo decirle que eso es exactamente lo que el Almirantazgo quería que Napoleón creyera.

La joven suspiró aliviada.

—¿Me considera tan insensato como para decir a esa mujer algo que pusiera en peligro nuestros barcos y a nuestros hombres, sobre todo después que usted me había puesto sobre aviso respecto a ella?

Las palabras del Conde sonaban a reproche y Shenda, avergonzada, ocultó el rostro en su hombro.

—Perdóneme. Ya sé que usted nunca haría algo así de-manera voluntaria, pero... temí que ella pudiera haber utilizado alguna droga para hacerle hablar... en sueños tal vez.

—Nada de eso sucedió— la tranquilizó él—. Y ahora, por favor, cuénteme el resto.

Shenda, que sentía como si se hubiera quitado un peso de encima, le narró el resto con gran fluidez.

Sólo vaciló un momento al repetir la frase en francés que suponía su sentencia de muerte.

Después, con voz ahogada, concluyó,

—Yo... yo no quiero... morir.

—Eso es algo que no ocurrirá— le aseguró el Conde—. Por lo menos, hasta que el cielo no lo haya dispuesto.

—¿Me protegerá usted?

—¿Lo duda, cuando ha sido usted tan valiente y maravillosa?

—¿Sabe ya quién es el espía?

—Lo sé, y será él quien muera, no tú, amor mío.

—¿C-cómo dice Señor?— preguntó Shenda con voz tan débil, que él casi no pudo oírla.

—Te he llamado «amor mío»— respondió el Conde—, porque eso eres para mí desde hace algún tiempo, aunque yo no lo quisiera reconocer. ¡Te amo, Shenda y quiero saber qué es lo que tú sientes por mí!

Shenda levantó la cara y entonces los labios masculinos apresaron los suyos.

La intensidad del beso fue aumentando gradualmente, se hacía cada vez más apasionado y ávido, como si el Conde tuviera miedo de perderla.

Para Shenda fue como si el cielo le abriese sus puertas y las estrellas refulgieran en su corazón.

Los labios del Conde despertaron en los suyos la misma sensación que habían provocado aquella vez en el bosque, pero como ahora le amaba, la sensación fue mucho más intensa y maravillosa.

Con sus besos, ella le entregó no sólo su corazón, sino también su alma.

Cuando por fin el Conde levantó la cabeza, Shenda le dijo con una emoción que él nunca había oído en la voz de una mujer,

–¡Te amo...; te amo con todo mi ser! Pero..., ¿cómo puedes amarme tú... a mí?

–Eso es muy fácil– respondió el Conde–. Y te prometo, vida mía, que nada como lo de esta noche volverá a sucederte. Jamás permitiré que te veas otra vez en una situación tan peligrosa.

–Pero... yo quería ayudarte.

–Lo sé, y has actuado muy bien, pero ahora debes entender que yo he de proceder con rapidez para que ese esbirro de Napoleón no se escape.

Shenda quedó pensativa un momento y dijo después,

–Al salir de la casa no cerré la puerta... Ellos se darán cuenta de que no he regresado.

Los brazos del Conde la estrecharon con más fuerza, como para protegerla.

De pronto él se puso en pie y Shenda comprendió por su actitud que se disponía a entrar en acción.

—Te llevaré al piso superior para que te acuestes— dijo el Conde—. Aquí estarás a salvo; le encargaré a mi ayuda de cámara que cuide de ti.

—¿Me vas a dejar sola?— preguntó Shenda en voz baja.

—Voy a ver a Lord Barham para decirle que tú le has resuelto el problema. Él se hará cargo de todo lo demás y... ¡Pero no..., mientras tanto ese demonio podría escapar!

—¿Qué... que piensas hacer?— se alarmó ella.

El Conde, sin responder, salió al vestíbulo, donde el lacayo de guardia se puso en pie inmediatamente.

—Despierte a todos los hombres de la casa— le ordenó su Señor—. Dígales que se vistan de inmediato. ¡Pronto, no hay tiempo que perder!

Era la orden de un hombre que estaba acostumbrado a darlas, y James, el lacayo, se apresuró a obedecer. Shenda había salido también al vestíbulo y ahora se acercó al Conde.

Él la cogió de la mano y, juntos, subieron al primer piso y entraron en un dormitorio que a Shenda le pareció impresionante, aunque no tanto como el que el Conde ocupaba en el castillo.

En aquella habitación se encontraba un hombre delgado que Shenda hubiera identificado en cualquier parte como Marino.

Se puso en pie al ver aparecer al Conde y éste le dijo,

—Hawkins, la Señorita Shenda se encuentra en peligro. Que duerma en mi cama hasta que yo regrese. Ten a mano tu pistola y dispárale a cualquiera que pretenda entrar aquí para molestarla. ¿Entendido?

—Sí, Su Señoría— respondió Hawkins.

El Conde se volvió hacia Shenda.

—Te aseguro que estarás a salvo.

—Y tú... te cuidarás mucho, ¿verdad?

De pronto, Shenda tenía mucho miedo por él.

El Conde le sonrió y, antes de que ella pudiera decir nada, salió apresuradamente.

Shenda supuso que, para entonces, todos los hombres de la casa estarían ya listos y esperándolo.

De pronto experimentó el impulso de correr tras él, porque no quería quedarse sola, sin embargo, obediente a los deseos de él, permaneció allí.

—Por favor, Señorita, métase en la cama, y no se preocupe— le aconsejó Hawkins—. Su Señoría sabe cómo cuidarse.

—¿Y si... y si le disparan?— preguntó ella con voz casi inaudible.

Hawkins sonrió.

—Puede apostar a que Su Señoría tirará primero. Vamos, Señorita, las órdenes son órdenes y Su Señoría espera ser obedecido.

Shenda sonrió también. Hawkins le era simpático y ni siquiera se sintió avergonzada cuando él retiró las sábanas y la ayudó a meterse en la cama.

El hombre actuaba tal como solía hacerlo su nana.

—No se inquiete. Yo estaré sentado en el pasillo con la pistola en la mano y si alguien viene por aquí, se llevará su merecido. Soy buen tirador, aunque esté mal que uno lo diga.

—Gracias. Estoy segura de que con usted me encuentro a salvo.

Hawkins apagó las velas y se dirigió a la puerta.

—Buenas noches, Señorita, y que Dios nos depare buen viento mañana.

La joven supuso que aquello era algo que acostumbraba a decirle a su amo cuando estaban en la Marina.

Cuando segundos después cerró los ojos, imaginó que los brazos del Conde la rodeaban y, una vez más, sus labios la besaban.

—¡Le amo..., le amo!— susurró pensando que si también él la quería, todos sus sueños se habrían convertido en una hermosa realidad.

No obstante, sentía miedo de que todo fuera un sueño... y como un sueño se desvaneciera.

Capítulo 7

EL CONDE regresó triunfante a Berkeley Square con su pequeño Ejército.

Había amanecido y las calles ya empezaban a llenarse de gente que iba a trabajar.

El Conde conducía su propio carruaje cerrado. Cuando lo detuvo, la portezuela se abrió y los hombres del servicio bajaron.

Habían estado despiertos toda la noche, pero sus mejillas se veían con buen color y los ojos les brillaban. Al entrar en la casa, el Conde pensaba que aquella noche la recordarían siempre todos.

Tras dejar a Shenda a cargo de su ayuda de cámara había bajado al vestíbulo, donde sus sirvientes lo miraron con aprensión.

Con voz clara y calmada les explicó lo que deseaba de ellos. Sabía que, al igual que a bordo de su barco, todos sus hombres estarían dispuestos a hacer lo que les pidiera.

Mandó al lacayo más joven a despertar al cochero para que llevara su carruaje cerrado a casa de Lady Gratton.

En seguida, él y los seis hombres restantes se pusieron en marcha por la plaza, pero no sin que antes él y dos más se hubiesen armado.

Tal como suponía, el cochero y el lacayo del francés estaban medio dormidos en el pescante y no se fijaron en los hombres que se acercaban.

Fue al entrar el Conde y Carter por la puerta abierta de la casa cuando el cochero levantó la cabeza sobresaltado.

En aquel momento, alguien lo arrancó de su asiento y lo mismo le ocurrió al lacayo.

El Conde subió la escalera con cautela, pero sin problemas, pues ya conocía la casa, aunque no quería recordar la razón por la cual había estado allí antes.

Lo seguía Carter, que, no obstante sus cincuenta años, tenía un aspecto joven y vigoroso.

El conde llegó junto a la puerta de la habitación principal y se detuvo un momento para que Carter pudiera alcanzarlo.

Entonces los dos entraron pistola en mano y Lady Gratton lanzó un grito de horror.

El Conde le dijo al francés que se vistiera y Lucille, aterrada, comenzó a llorar y suplicar, pero él ni la miraba.

Cuando el francés estuvo listo, el Conde dijo a la mujer,

–Permitiré a la Señora que se vista a solas, pero no hay escapatoria posible de esta habitación a no ser por la puerta y mi asistente estará en el pasillo para asegurarse de que no haga ninguna tontería.

–¿Qué es esto? ¿Qué pretendes? ¿Cómo puedes portarte de una manera tan cruel conmigo?– gemía Lucille.

El Conde no se dignó a responder siquiera.

Obligó al francés a precederlo y, apuntándole con la pistola, le hizo bajar la escalera.

Abajo esperaban dos lacayos que, por orden de su Señor, ataron al francés manos y piernas.

El Conde se asomó a la puerta para cerciorarse de que su carruaje ya había llegado y vio que así era.

Como sabía que el francés trataría de sobornar a sus hombres si los dejaba solos, hizo que lo amordazaran de manera que le fuera imposible hablar.

Después lo pusieron en el asiento posterior del carruaje y un hombre se situó frente a él, con instrucciones de dispararle si trataba de escapar.

El Conde volvió a entrar en la casa y vio que Lucille bajaba la escalera lloriqueando.

Al verlo comenzó a implorarle, pero él la detuvo alzando una mano y diciendo con voz autoritaria,

—Me temo, Señora, que tendremos que atarle las muñecas para evitar que ayude a escapar a su cómplice.

—¡No es mi cómplice!— gritó Lucille—. ¡Me obligó y yo no pude evitarlo! ¡Yo odio a los franceses! Sé que son nuestros enemigos..., pero él es fuerte, yo débil...

El Conde no se tomó la molestia de responder. Se limitó a comprobar cómo le ataban las manos y, hecho esto, indicó a sus hombres que la subieran al carruaje.

Luego hizo montar a los sirvientes del francés al coche de éste, junto con dos lacayos suyos para que los vigilaran.

Uno de sus hombres conducía aquel carruaje, mientras él guiaba el propio.

Carter iba junto al Conde y los demás hombres subieron al pescante del otro vehículo.

No tardaron en llegar a la Torre de Londres por las calles desiertas y alumbradas por la luz de la luna.

Una vez allí, el Conde mandó llamar al Gobernador de la torre, quien escuchó con suma atención su relato y respondió,

—Seguro que Lord Barham le quedará muy agradecido. Los espías de Napoleón están en todas partes y cuanto antes nos liberemos de éste, mejor.

—Lo mismo pienso yo— manifestó el Conde lacónicamente.

El Gobernador dudó un momento.

—¿Y Lady Gratton?

—Creo que habrá de permanecer en la cárcel hasta el fin de la guerra, como un ejemplo para las demás mujeres.

—Estoy de acuerdo con Su Señoría —convino el Gobernador—. No obstante el comportamiento de los franceses, a los ingleses nos disgusta ajusticiar a una mujer.

—Creo que en este caso la muerte sería un acto de misericordia, ya que Lady Gratton será desterrada de la Sociedad por el resto de su vida— dijo el Conde.

Después, como no quería hablar más acerca de Lucille, añadió,

—También he traído a otros dos hombres, son el cochero y el lacayo del francés.

—¿Cree Su Señoría que están involucrados de algún modo en las actividades de su amo?

—No, no lo creo. Pero ellos nos podrán decir qué personas visitaban a su amo y a quién visitaba él con frecuencia últimamente. Si tenemos suerte, averiguaremos la dirección de otros espías en Londres y quizás de los que llevan la información a Francia.

El Gobernador asintió.

—Tiene razón, Señoría. Los interrogaremos cuanto antes, sin dar tiempo a que los demás individuos involucrados en la conspiración se den cuenta de lo que está ocurriendo.

Los dos hombres se estrecharon la mano y, a una orden del gobernador, los soldados se llevaron al francés en una dirección y a Lucille Gratton en otra.

El Conde, tras dejar el coche del francés resguardado en el patio de la torre, subió con sus hombres a su propio carruaje y dio la orden de partir.

Para entonces, las estrellas ya habían desaparecido y las primeras luces del amanecer comenzaban a vislumbrarse.

El Conde guió su coche hasta el Almirantazgo.

Los centinelas los miraron con sorpresa, mas no impidieron que Carter se bajara del pescante y llamase a la puerta.

El Conde pidió hablar con Lord Barham y de inmediato se presentó un oficial, a quien unas cuantas palabras del Conde hicieron subir presuroso para despertar a Lord Barham.

El Conde aguardó en una sala de la planta baja, donde, al cabo de unos minutos, Lord Barham se reunió con él.

—¿Son buenas o malas noticias, Arrow?— preguntó al entrar en la estancia—. Se tratará de algo sensacional para que Su Señoría esté aquí a tales horas.

El Conde hizo una pausa antes de contestar, como para que sus palabras causaran mayor efecto.

—Señor— dijo—, acabo de llevar a su Primer Secretario a la Torre de Londres.

*

El Conde no se entretuvo mucho tiempo en el Almirantazgo, pues deseaba regresar lo antes posible junto a Shenda.

Se limitó a hacer un somero relato de lo ocurrido a Lord Barham y después de prometer que regresaría más tarde, se dirigió con sus hombres a Berkeley Square.

Cuando entraron en la casa, se volvió hacia ellos y les dijo,

—Esta noche le hemos dado un golpe al Emperador de Francia, pero como hay muchos otros espías entre nosotros, les ordeno no contar a nadie lo que ha ocurrido hoy, ni siquiera lo comenten entre ustedes mismos, ¡las paredes tienen oídos!

Le pareció que sus hombres estaban desilusionados y añadió,

—Se han comportado estupendamente, tal como yo esperaba; sin embargo, para que podamos repetir una acción así en el futuro, es necesario que la presa no escape antes de que la tengamos segura.

Vio que sus oyentes asentían convencidos y agregó,

—Confío en que, por el bien de Inglaterra, mantengan la boca cerrada y los ojos y oídos bien abiertos.

La expresión de los rostros de quienes lo escuchaban le indicó que todos estaban dispuestos a seguir sus instrucciones.

Tal como esperaba, arriba encontró a Hawkins que, pistola en mano, montaba guardia ante la puerta de la habitación en que dormía Shenda.

Le sonrió sin hablar y abrió la puerta con mucho cuidado.

Shenda estaba dormida y se la veía muy pequeña y frágil en la espaciosa cama, con los cabellos esparcidos sobre la almohada.

Tras unos momentos de muda contemplación, el Conde cerró la puerta y se alejó de allí.

*

Shenda se despertó poco a poco y le pareció que había dormido mucho tiempo.

Súbitamente, se acordó del Conde y recobró la consciencia por completo.

Al incorporarse en la cama recordó que se encontraba en el Dormitorio Principal y que el Conde había ido a enfrentarse con el francés.

Si no había regresado... quizá fuese porque su adversario había disparado primero..., ¡el Conde podía encontrarse herido... o muerto!

Lanzó un grito sin querer y, de inmediato, se abrió la puerta.

Hawkins asomó la cabeza preguntando,

—¿Ha despertado ya, Señorita? Es hora de desayunar.

—¿Ha regresado ya Su Señoría... o hay noticias de él?— preguntó ella, casi sin aliento.

Hawkins entró en la habitación.

—Su Señoría ya regresó, contento como un niño por haber ganado una gran batalla. A pesar de lo que me ordenó, pienso dejarlo dormir.

Shenda se sintió tan aliviada, que los ojos se le llenaron de lágrimas. Para que Hawkins no se diera cuenta, se volvió a mirar el reloj que estaba en la repisa de la chimenea.

—¿Qué hora es?

—Casi las diez, Señorita. Su Señoría llegó poco después de las siete.

—¿Qué pudo estar haciendo durante todo ese tiempo?— se extrañó Shenda.

—Supongo que Su Señoría querrá contárselo él mismo, Señorita— respondió Hawkins—. Voy a traerle el desayuno.

Cuando se retiró el ayuda de cámara, Shenda se dejó caer sobre las almohadas.

¡El Conde estaba a salvo!

Y mientras él se hallara cerca, ella estaría a salvo igualmente.

—¡Cuanto le amo!— murmuró—. Y él dijo que también me quiere..., pero quizá lo dijo sólo porque anoche yo estaba muy alterada y quería hacerme sentir bien...

Mas, a pesar de estas reflexiones, el corazón le saltaba en el pecho por la certeza de sus sentimientos.

*

Al despertar, el Conde se dio cuenta de que no estaba en su cama y entonces recordó lo que había pasado.

Le había ordenado a Hawkins que lo despertara a las ocho y media, pero el reloj marcaba ya más de las diez...

Sonrió resignado. Hawkins no tenía derecho a desobedecer sus órdenes, pero siempre insistía en hacer lo que, en su opinión, era mejor para él.

Se levantó, tiró del llamador con fuerza y Hawkins apareció poco después con la bandeja del desayuno.

—Te dije que me despertaras a las ocho y media— le dijo muy serio el Conde.

—¿Sí? ¡Cuánto lo siento! Con eso de que me pasé toda la noche despierto, debí de entender mal las indicaciones de Su Señoría.

Mientras hablaba, puso la bandeja sobre una mesa junto a la ventana.

Detrás de él había entrado un lacayo con mas platos, y el Conde prefirió no regañarle en presencia de otro criado.

—¿La Señorita Shenda se encuentra bien? —preguntó.

—Acabo de llevarle el desayuno, Señoría—respondió Hawkins—. Estaba muy preocupada por Su Señoría, pero yo la he tranquilizado diciéndole que Su Señoría regresó sano y salvo.

Salió tras decir esto y el Conde desistió definitivamente de llamarle la atención por no haber cumplido sus órdenes.

Cuando estuvo desayunado y vestido, Hawkins le comunicó que la Señora Davison había tomado a Shenda a su cargo.

Y así era, en efecto.

La joven suponía que lo único que tenía para ponerse era el camisón y la bata con que huyera la noche anterior de casa de Lady Gratton, pero cuando entró en la habitación a la cual la condujo Hawkins, vio allí a la Señora Davison, junto a su propio baúl a medio deshacer.

—¿Qué ha estado usted haciendo, Señorita Shenda?— preguntó el ama de llaves—. Anoche, cuando llegó usted, supuse que me llamaría.

Shenda prefirió eludir la respuesta.

—Bien, lo que importa es que se encuentra usted aquí— dijo.

—Pero..., ¿cómo es que está aquí mi baúl?

—Acaban de traerlo, Señorita— le explicó la Señora Davison—. Fue el Señor Carter quien lo mandó a buscar, pues se dio cuenta de que no tenía usted nada que ponerse.

Shenda sabía que a la Señora Davison la remordía la curiosidad, pero logró eludir sus preguntas, pues antes quería oír lo que el Conde hubiera de decirle.

Ansiaba tanto verlo, que le resultaba difícil entender lo que le hablaba la Señora Davison.

Cuando estuvo vestida con un bonito traje que ella misma se había confeccionado, se apresuró a bajar. Aún tenía miedo de que los dulces momentos de la noche anterior fueran sólo una ilusión.

Tal vez ahora tuviese que enfrentarse a una realidad muy diferente...

*

El Conde estaba pensando algo muy parecido.

La noche anterior, cuando Shenda llegó a él temblando de miedo, se había olvidado de todo excepto de su belleza, la suavidad de su cuerpo y las sensaciones maravillosas que despertaba en él.

Ahora, a la luz del día y con la mente despejada, tenía que considerar si era posible casarse con ella, habida cuenta de que la muchacha era una de sus sirvientas.

Desde que había heredado el título era consciente de que, como Conde de Arrow, gozaba de una posición privilegiada, mas también pesaba sobre sus hombros una gran responsabilidad.

Todos los miembros de su familia lo consideraban ejemplo y guía, como antes los Marinos que estaban bajo su mando.

Le era imposible hacer algo que afectara su reputación y la de la familia Bow en general.

Curiosamente, sin embargo, Shenda parecía ser una dama en todos los aspectos.

Él nunca había conocido una persona tan sensible ni que se ajustara con tanta exactitud a lo que se esperaba de alguien nacido «*en buena cuna*».

Mas, entonces..., ¿por qué trabajaba de costurera?

Si era huérfana, debería estar con sus parientes y, ciertamente, acompañada por alguna mujer respetable.

No obstante, tales reflexiones, cada fibra de su cuerpo clamaba por ella. ¡Cuánto la deseaba!

Jamás en su vida había sentido por una mujer lo que ahora sentía por Shenda.

Estaba dispuesto a matar a cualquier hombre que la ofendiera y, sin embargo, eso era lo que haría él si no podía ofrecerle matrimonio.

«¿Qué voy a hacer, Dios mío, qué puedo hacer?», pensaba desesperado, mientras acababa de vestirse.

Después, al ir bajando la escalera, le pareció que los retratos de sus antepasados lo miraban desde sus marcos dorados.

Sospechaba que los hombres de la familia, comprenderían sus deseos; pero las mujeres...

Ellas no lo desaprobarían únicamente, sino que considerarían aquel matrimonio como una «*auténtica desgracia*».

Y no sólo eso, sino que podían convertir la vida de Shenda en un infierno si la trataban como a una sirvienta que se había valido de artimañas para inducir a su amo al matrimonio.

Inmerso en sus cavilaciones se dirigió al estudio, donde sabía que Shenda lo aguardaba. No dejaba de preguntarse cuál sería la salida para una situación que se le antojaba de imposible solución.

Después cuando abrió la puerta y la vio junto a la ventana, con los cabellos brillantes como un halo en torno a su cabeza por el reflejo del sol, el corazón le dio un vuelco casi doloroso.

Aquella visión lo reafirmó en su idea de que sin Shenda no merecía la pena vivir.

Cerró la puerta y le tendió los brazos a la joven.

Ella emitió una exclamación que pareció el trinar de pájaros y corrió hacia él.

—¡Ah, estás aquí..., sano y salvo!— dijo emocionada.

Al primer beso, el mundo pareció detenerse.

El Conde la besaba con pasión, como si temiera que ella fuera a desvanecerse.

Notó que el corazón de Shenda respondía a su pasión y que su corazón se había transfigurado con una belleza que tenía más de divina que de humana.

—¡Te amo, vida mía, te adoro!— repetía con fervor.

—Ese hombre.... ¿no te hizo daño?— preguntó ella.

—No le di tiempo ni de atacarme— respondió él. Por supuesto, no tenía la menor intención de contarle que había encontrado al francés y a Lucille juntos en la cama.

—Yo recé para que... no te pasara nada malo— dijo ella con su voz suave—, y no sé cómo, sin sentir.... me quedé dormida.

—No es extraño. Estabas agotada por todo lo ocurrido, pequeña— la excusó él y, mirándola arrobado, preguntó—, ¿Cuándo estás dispuesta a casarte conmigo, Shenda? ¡Tiene que ser pronto! ¡No puedo vivir ya sin ti!

—¿Es posible que desees casarte conmigo... de veras?

—¡Mucho más de lo que he deseado nada en toda mi vida!— exclamó el Conde y, con sus besos apasionados y exigentes, acalló cualquier posible protesta de la joven.

*

Varios siglos más tarde, al menos así se lo pareció a ellos, el Conde llevó a Shenda junto a la ventana y los dos se quedaron contemplando las flores del jardín.

—Mañana regresaremos al castillo— dijo tras un silencio—. Allí, en su Capilla, nos bendecirá el nuevo Vicario que, según tengo entendido, llega hoy.

—¡Dios mío— suspiró Shenda—, cómo me gustaría que Papá viviese...! ¡Se hubiera sentido tan orgulloso de ser él quien oficiase la Ceremonia... !

—¿Tu padre era Vicario?— preguntó extrañado el Conde.

Ella se volvió a mirarlo.

—Pero.... ¿de veras me has pedido que me case contigo sin saber quién soy realmente?

El Conde la ciñó un poco más a su cuerpo.

—No me importa quién seas ni de dónde vienes— aseguró—. Lo único que me importa es saber que eres mía. ¡Te quiero, Shenda, como jamás había querido a nadie en toda mi vida!

—Cuando me hablas así me dan ganas de llorar— dijo Shenda—. Porque así es como siempre he querido ser amada, con el mismo fervor que se amaban mis padres, pero temía que eso nunca sucediera.

—Cuando te besé en el bosque— dijo él—, pensé que eras una ninfa, un espíritu salido de las aguas encantadas, o tal vez una diosa.

Rozó con los labios la mejilla femenina antes de agregar,

—Desde entonces sueño contigo, Shenda, te he tenido en mis brazos y he besado tus labios, pero no me parecía realmente importante conocer tu apellido.

Ella rió con cierta picardía.

—Entonces te asombrará saber que mi apellido es Lynd... y que mi padre fue el Vicario de Arrowhead durante diecisiete años.

En efecto, él se la quedó mirando estupefacto.

—Pero..., si es así, ¿por qué estabas trabajando en el castillo?

—Pues... digamos que me estaba escondiendo.

—¿Escondiéndote? ¿De quién?

—No de una persona en concreto. Simplemente, no tenía ningún sitio a dónde ir cuando tu administrador, el Señor Marlow, me dijo que tenía que desalojar la Vicaría.

—¿Y cómo es que no tenías a dónde ir?

—Es que... no me apetecía ir a casa del único pariente que hubiese podido acogerme, y como tampoco tenía dinero para arreglármelas por mi cuenta... hablé con la Señora Davison y ella dejó que me quedara en el castillo. Dijo que con ella estaría a salvo y que... el nuevo Conde no tenía por qué enterarse de que no era una sirvienta como aparentaba.

—¡Gracias a Dios que te refugiaste en el castillo y que te encontré en tu bosque mágico, amor mío!

Shenda se ruborizó.

—¿Cómo iba yo a suponer que tú eras el Conde, al que nadie conocía? Sin embargo, cuando me besaste... supe que... aquel beso jamás lo olvidaría.

Dominando su timidez, rió divertida.

–¡Nadie creería que todo esto ha sucedido porque... me besó un desconocido!

Él rió también.

–Un desconocido que se enamoró de ti nada más verte. Será una bonita historia que contarles a nuestros hijos.

Shenda se ruborizó de nuevo y ocultó la cara en el hombro masculino.

Su timidez le pareció a él tan encantadora, que la besó hasta que los dos quedaron sin aliento.

Cuando al fin el Conde levantó la cabeza, exclamó,

–¡Ya somos un sólo ser, amor mío! Estoy convencido de que ninguna Ceremonia nos unirá más de lo que ya nos sentimos ahora.

–¿Cómo puedes decir cosas tan maravillosas?– suspiró Shenda–. ¡Eso mismo es lo que yo pienso y siento! Soy tuya, lo soy... desde que me besaste.

–¡Amada mía!– exclamó él–. Ninguna otra mujer hubiera podido ser tan inteligente y valerosa como tú.

Al recordar los peligros pasados, Shenda se estremeció incontenciblemente.

El Conde, que no dejó de advertirlo, la abrazó con más fuerza y le dijo,

–Olvida todo lo ocurrido, cariño. Te aseguro que si en el futuro he de hacer algo para ayudar a Inglaterra, tú no te verás comprometida.

Shenda lo miró con ternura.

—Si me convierto en tu esposa te será muy difícil hacer algo sin que yo lo sepa, y, siendo así, ¿cómo no voy a querer estar a tu lado y ayudarte en lo que sea?

—¡Amor mío— exclamó él— me quedaría aquí eternamente, abrazándote y besándote! Pero ahora tengo que ir a ver a Lord Barham. Si él no me retiene mucho tiempo, partiremos pronto hacia el castillo.

—¿Y de veras nos vamos a casar mañana?— preguntó Shenda.

—Supongo que, para hacerlo, yo tendré que conseguir una Licencia Especial— repuso el Conde.

—Creo que no es necesario si los dos somos residentes de la misma parroquia... Pero se lo puedes preguntar al párroco para estar seguros.

—Espero que en el Almirantazgo me lo pueda decir alguien. Sería bochornoso tener que reconocer que no conozco el nombre de mi propio párroco.

Shenda se echó a reír.

—Con que te acuerdes del tuyo y del mío, todo irá bien.

—Me has dicho que el tuyo es Lynd, ¿no?— Shenda Lynd, y mi padre solía cazar con el tuyo cuando él estaba bien. Es más, a Papá solían llamarlo «*el Párroco Cazador*».

—Me parece recordar que la gente hablaba mucho de él cuando yo era niño.

—¡Y tanto que hablaban!— rió Shenda.

El Conde la miró serio y dijo,

—Todavía no entiendo por qué cuando te echaron de la Vicaría no tenías a donde ir. Aparte de ese familiar que te es antipático, ¿no tienes ningún otro pariente?

–No se trata de que me sea antipático. Verás.... mi tío vive en Gloucestershire y aunque es noble, pues lleva el título de Lord Lyndon, carece de recursos y tiene una familia muy numerosa. Por ello supuse que no quería tener una boca más en casa; mejor dicho, dos, porque no podemos olvidar a Rufus.

La sonrisa de Shenda se desvaneció cuando reparó en la manera extraña que la miraba el Conde.

–¿Quieres decir– preguntó él lentamente– que tu abuelo era Lord Lyndon y que ahora lo es tu tío!

–Sí– respondió Shenda–, y por eso Papá tenía rango de *«Honorable»*, pero eso no nos proporcionaba ningún ingreso y a la muerte de Mamá, la pequeña pensión que ella recibía fue suspendida.

Bajó la mirada al agregar,

–Mi Abuelo materno, que era escocés, el *laird* de Kintare, estaba furioso con Mamá por haberse casado con un inglés.

–Eso me suena muy escocés– comentó el Conde sonriendo.

Shenda, como si fuera una niña, escondió la cara en el pecho de él y dijo,

–Yo... tuve que vender todos los muebles que teníamos en la Vicaría para cubrir las deudas. Por eso, cuando fui al castillo, sólo tenía unas pocas libras, que aún conservo gracias a que pude quedarme allí.

El Conde captó la ansiedad que latía en la voz de la joven y, posando los labios en su frente, le dijo,

—Nunca más volverás a ser pobre, cariño. Hay mucho que deseo ofrecerte y compartir contigo.

No le importaba el origen de Shenda, pero el hecho de que su tío fuera Lord Lyndon y su abuelo un noble escocés le procuraría, ciertamente, la aprobación de su familia.

Ya no podrían hacerla de menos ni tenían por qué saber que había servido como costurera en el castillo. Ahora entendía por qué la Señora Davison se había mostrado tan preocupada cuando él lepidió que Shenda sustituyese a la doncella de Lady Gratton.

«¿Cómo pude ser tan tonto?», se dijo. «¿Por qué no pregunté quién era?»

Pero esto carecía ya de importancia.

Lo trascendental era que Shenda representara cuanto él deseaba, la mujer que le correspondía por decisión divina, era su otra mitad, el ser etéreo y espiritual que le había hecho levantar la mirada hacia las estrellas con la convicción de que podía alcanzarlas.

Si así lo quería Dios, tendrían hijos que, continuando la tradición familiar, dedicarían su vida al servicio de Inglaterra.

Besó de nuevo a Shenda y, al hacerlo, se juró que su existencia estaría siempre consagrada a la patria... y a ella.

Sabía que juntos podrían dar la felicidad a muchas personas.

—¡Te amo!— exclamó.

—¡Y yo a ti!– declaró Shenda–. ¡Soy feliz, *inmensamente feliz*!

Él la contempló fijamente antes de decir,

—¿Cómo es posible que seas tan perfecta... exactamente la mujer que yo deseaba y temía no encontrar nunca?

—¡No dejes jamás de pensar así!– exclamó Shenda–. Le pido a Dios que me haga tal y como tú me deseas... y que me sigas amando durante el resto de nuestra vida.

—De eso puedes estar segura– dijo el Conde–, pero ahora debo dejarte, amor mío, o si no, recibiré un tirón de orejas del Primer Lord.

Shenda rió.

—¡Ah, eso es algo que no debe ocurrir!

—Ni siquiera imaginas cuánto siento dejarte. Cuídate mucho hasta que yo vuelva.

—Lo haré. Pero, antes que te vayas... hay algo que debo preguntarte.

—Dime.

—Si nos vamos a casar... ¿sería posible que me comprara uno o dos vestidos? Es que... quiero estar bonita para ti.

Él sonrió conmovido.

—Perdóname, cariño. ¿Cómo se me puede olvidar que una novia requiere un vestido nupcial?

Se apartó de Shenda para tirar del llamador e hizo sonar la campana. Unos momentos más tarde, se abrió la puerta y apareció Carter.

—Pide mi faetón de inmediato— le ordenó el Conde— y dile a la Señora Davison que venga aquí. ¡Ah!, y que dos lacayos se dispongan para llevar unos cuantos mensajes a las tiendas de la Calle Bond.

—Muy bien, Su Señoría— y Carter se retiró.

Shenda se acercó al Conde con viveza.

—¿Qué sucede? ¿Qué vas a hacer?

—Mandar en busca de la mejor modista de Londres para que acuda aquí de inmediato. La Señora Davison y tú decidirán qué es lo que hace falta. Que te preparen con urgencia cuanto necesites para mañana, lo demás te lo pueden enviar más adelante.

Shenda se quedó casi boquiabierta al oír esto.

—Soy un hombre muy rico, cariño— le dijo él— y deseo que mi esposa, que será la Condesa de Arrow más bonita de la historia, rivalice por lo menos con la Reina de Saba.

—¡Dios mío..., me parece estar soñando!— exclamó Shenda.

—¡Por supuesto que sueñas! Y yo me encargaré de que no despiertes nunca— dijo el Conde y, como si no pudiera contenerse, la besó una vez más apasionadamente.

Shenda percibió en sus besos algo muy parecido a la magia que había encontrado en el bosque.

Además, tenía la sensación de que sus padres estaban muy cerca de ella.

Todo era parte del amor que le llenaba el corazón.

Era un amor que venía de Dios, pues él la había protegido y había hecho que ella y el Conde se unieran.

Y aquel amor sería de ellos no sólo en este mundo, sino también en el otro... eternamente...

Made in the USA
Columbia, SC
05 June 2018